帝国電撃航空隊 2

航空基地争奪戦

林　譲治

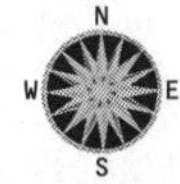

コスミック文庫

この作品は二〇二〇年四月に電波社より刊行された『帝国電撃航空隊2』を加筆訂正したものです。

なお本書はフィクションであり、登場する人物、団体等は、現実の個人、団体、国家等とは一切関係のないことを明記します。

目　次

ニューブリテン島
ニューアイルランド島
ソロモン諸島
ラバウル
ブーゲンビル島
スタンレー山脈
ソロモン海
ブナ
ツラギ島
ポートモレスビー
珊瑚海
ニューギニア島
ラビ
ミルン湾
ガダルカナル島

プロローグ　残骸の復活

昭和一七年夏。

朝も四時半を過ぎると周囲は明るい。井上連合航空艦隊司令長官は限られた人員とともに、館山（たてやま）の海軍航空隊の滑走路に待機していた。

指揮所で待っていてもよいのだが、海軍中将という立場でもあるので、そう勧める人間もいた。

しかし、井上長官は滑走路脇で待機することを望んでいた。ただ、公用車の中で待機することは受け入れた。部下にも立場というものがある。

井上が公用車として使っているのは、香港だかシンガポールだかで鹵獲（ろかく）したトラックだった。鼻先が潰れたブルドッグのようなボンネットが特長的だ。モーリス社製であるという。

詳しくはわからないが、砲兵の観測車とも野砲の牽引車とも聞いている。第二五軍の司令部参謀と第五師団の司令部関係者が井上とバイク仲間なので、「チャーチル給与」のお裾分けで送ってきたものだ。

陸軍第五師団は日本でも数少ない自動車師団編制であったが、そこには非公式ながら井上の働きかけもあったからだ。

この軽迫撃砲と軽機関銃で武装した自動二輪隊は、戦車の鉄牛部隊に対して銀狼部隊と呼ばれ、戦車部隊に先駆けて重要鉄橋の確保などで活躍した。

狼は強そうな部隊ということでわからないでもないが、頭の銀は自転車部隊が銀輪部隊なので、そこからの対比でついたらしい。報道では、自転車部隊の銀輪が先に知られたためだろう。銀狼は第五師団の虎の子だったので、しばらくはその存在が伏せられていたのであった。

捜索連隊所属の自動二輪隊は、正式名称は捜索第五連隊第二乗車中隊という地味なものであったが、新聞報道以降、銀狼部隊が通り名になっていた。

じっさい「第五師団銀狼部隊御中」で郵便が届くほどである。

そのため第五師団では海軍の将官ながら、井上成美中将だけは別格扱いであった。トラックが指揮車として送られてくるのも宜なるかな。

とは言え、海軍中将である井上は、ちゃんと海軍軍人の仕事もしているのであった。

「長官、もうじきです。あと一〇分で到着します」

指揮車の通信員が井上に報告する。

指揮車には無線装置も装備されていた。陸上基地と航空機との通信が可能だが、艦隊司令長官の通信設備としては十分と言えなかった。しかし、車載では仕方がない。

「あと一〇分か」

井上は双眼鏡を持って指揮車の外に出る。むろん空には何も見えない。

しかし、数分後には飛行機の姿が見えた。

「あれか」

井上の視界には四発の大型機の姿があった。飛行艇ではなく陸上機である。

周囲の海軍将兵は、その大型機の着陸を固唾（かたず）を呑んで見守っていた。早朝というのに多数の人間がいるのはそのためだ。

海軍式の塗装をされた大型機は、危なげなく滑走路に着陸する。井上は指揮車に戻ると、その大型機のもとへ車を走らせる。

自動車が接近すればするほど、その四発機の大きさがわかってくる。全幅で三〇メートル以上あるのだ。従来の陸攻より一回り大きい。

もちろん、二式飛行艇などと比較すれば小さいが、陸上機としては最大と言えるだろう。

停止したばかりの火星エンジンは、まだ熱を持っていた。操縦席に人の姿はなく、出入り口から機長が現れる。さすがに中将を操縦席から見下ろすような真似は躊躇（ためら）われたのだろう。

「どうだね、試験機の状況は？」

機長は井上と顔見知りだった。つまり、バイク仲間である。軍隊組織の階級秩序としては問題があるかもしれないが、組織の風通しがよくなるのも事実だ。

「いや、アメリカというのはすごい国です。ただ、我々の射程圏内にないわけではない。それは確かです」

「そうか」

井上はその話を聞いてほっとした。この計画が成功すれば、海軍の空軍化にとっては大きな前進となる。

ただし、機長の話は単純な楽観論ではなかった。

「どうも本質は、個別の機体性能というより、これを量産できるかどうか。つまりは、機体の内ではなく機体の外にある」

「機体の外か」

それは井上も考えていたことであった。

「日本はどこまでできるのか」


井上中将の前にある四発重爆は、いささか複雑な経緯でここに降り立った。

フィリピン攻略には海軍陸戦隊も参戦したが、その過程で彼らは、破壊されたか整備途中で放棄されたB17爆撃機を鹵獲した。

破壊は爆撃照準器や通信機などであり、暗号書なども焼却されていたが、飛行機そのものに関する資料のいくつかは焼却を免れた。

別に焼却されなかったわけではなく、よほど慌てて逃げたのか焼却の仕方が悪く、底のほうはほとんど無傷で焼け残ったのだ。それでも陸戦隊の発見が遅れていたら、熱で蒸し焼きになり、炭と化していただろう。

それらのB17はエンジンに銃弾を撃ち込むというような形で破壊されており、飛行可能な状態ではなかった。しかし機体そのものは、ほぼ無傷だった。

そこで、それらのB17爆撃機は可能な限りダメージを与えないように解体され、日本へ船で運ばれた。

そして、飛べないＢ17爆撃機に日本製のエンジンなどの艤装を取り付け、飛行可能な機体にする計画が始まった。これは国産重爆開発の貴重な技術的経験をもたらすとされた。

鹵獲したＢ17爆撃機はこうして飛行可能な状態となり、その一機が館山の井上のもとに降り立ったのだ。

ただし、井上の前の機体は単なるＢ17の修理機ではなかった。主翼は折れていたし、油圧系統なども破壊され、米軍による破壊がもっとも進んでいる機体、つまりはほぼ残骸としか言えないものだった。

そのため当初は完全に解体され、技術調査に用いるか、アルミ材として鋳潰すことさえ考えられていた。

しかし、ほかのＢ17爆撃機のレストアを進めるなかで、関係者の間に「あの一番破壊された主翼の折れたＢ17」のことが話題にのぼるようになった。

「主翼や油圧系統を完全に国産品にすれば、飛ぶのではないか？」

ほかのＢ17復活のために部品を剝ぎ取られもした残骸は、主翼をはじめ国産の部品に置き換えられていった。

さすがにゼロからB17を製造するのは不可能でも、残骸とはいえ機体が残り、構造がわかっているとなると話は早い。

こうして数ヶ月で、残骸だったB17爆撃機はエンジンをはじめとして多くの機構を国産品に入れ替え、四発機として蘇った。

残骸の復活にこれだけの手間をかけたのは、井上司令長官らが次期陸攻としてB17のコピーを考えていたからだ。

勝算はあった。小型車やオートバイの国産化で培ってきたエンジンや電装品の技術的経験と品質が、このB17復活プロジェクトでは大いに寄与していた。

そして関係者が得た結論は、日本でもB17爆撃機のコピーは可能というものだった。今回の飛行は、それを実証するためのアピールという意味もあった。

「結論を言えば、日本でもB17重爆撃機の複製は可能です。同じものを製造することで、次期大型陸攻の開発期間を大幅に短縮できます」

空技廠(しょう)の担当者が館山航空隊の会議室で発言する。B17の着陸後、すぐに会議が行われたのだ。

開発期間の短縮、それがこのB17の複製機計画の主たる理由であった。

平時であれば、井上も国産技術発展のため、四発重爆を国産機として開発させていただろう。

しかし、すでに戦時であり、ミッドウェーで空母を失い、基地航空隊が海軍航空の鍵を握る状況だ。

ここで四発重爆を早急に戦力化するためなら、恥も外聞もない。米軍のB17を複製して量産化し、即戦力とするしかないのだ。

「それで戦力化にどれだけかかる?」

井上はもっとも重要な質問をする。それに対する担当者の顔色は冴えない。

「現状では、月産一〇機といったところです」

「月産一〇機だと!」

館山にB17を飛ばしてきた機長も、同じことを言っていた。だから、生産力で日本が劣ることは予想していた。しかし一〇機とは。

戦闘での損失分を考えたなら、一年が経過しても運用機は一〇〇機に届かないではないか。

「増やせないのか」

「増やせないことはありません。ただアルミの確保と生産設備、さらには労働力の問題があります。四発重爆を一〇〇〇機建造しても、今度は戦闘機が一〇機しか開発できないのでは意味はないでしょう」

井上は担当者の言うことを理解した。生産力というパイが限られているならば、重爆がパイを食ったら、戦闘機や偵察機は食べ残しで生産しなければならない。

「対策はないか」

「考えられるのは、一つは既存の陸攻の生産縮小を行い、その余剰を重爆にまわすこと。もう一つは生産方法を徹底して合理化することでしょう」

「どうすればできる?」

井上の問いに空技廠の技術者が問い返す。

「重爆は用兵側の要求として何機必要になるでしょうか?　必要な数により生産方法は違ってきます」

それは難問だった。無責任な指揮官なら、あるだけ生産しろと言うところだが、井上は違う。

結局、B17をどのように運用するのか、それが明快でなければ、必要な生産数も立てられない。

「用兵側の責任を重爆の性能に転嫁するのは筋違い。そういうことだな」

井上は、司令長官である自身の責任を再確認していた。

第1章 ミルン湾

1

戦艦ペンシルベニアが日本軍の攻撃で撃沈されたという情報は、ミルン湾と指呼（しこ）の距離にあるラビの連合国軍基地に、すぐには届かなかった。

一つにはラビの基地建設は始まったばかりであり、諸々の施設が不十分だった。そうしたなかには通信設備もあり、それ以上に、部隊編成として情報が迅速に伝達される位置になかった。なによりも彼らはオーストラリア陸軍の工兵隊であり、アメリカ海軍の戦艦の情報は少なくとも翌日以降でなければ通知されないし、そもそも知らされる保証もなかった。

だから電撃設営隊がミルン湾に進出した時、彼らの動きに関してもっとも情報がなかったのは、当の工兵隊であった。

それどころか、米太平洋艦隊司令部は、ラビの航空基地について日本軍は知っているかもしれないと分析していたのに、そのことさえ情報は流れてこなかったのだ。

さすがに日本軍の船舶は目撃していたが、彼らが確認できたのは一隻、二隻という数であり、さほど問題としていなかった。

上陸でもすれば警戒しただろうが、日本軍側はラビの基地建設を知った上で活動しているので、彼らに気取られるはずもない。

それに、高速艇は短時間で揚陸を終えるための船であるから、工兵たちは上陸が行われたことにも気がつかなかった。

ただ彼らも軍人であり、工兵のプロフェッショナルなので、日本船舶の活動理由をミルン湾の測量と考えていた。

ラビの工兵隊は、自分たちが発見されているとは理解していなかった。発見されたなら、空襲なりなんなりの攻撃を受けていたはずだからだ。しかし、そうした攻撃はない。

すべてが自分たちは発見されていないという前提での推論であることが、こうした判断ミスを招いたのであった。

一方で上陸した電撃設営隊にしても、ラビの工兵隊を攻撃できる能力はない。そもそも設営隊に戦闘力は期待されていない。

電撃設営隊は、あくまでもラビの連合国軍部隊に気取られないように建設を進める。敵基地への攻撃は別の部隊が行うからだ。

この時、第四艦隊司令長官の命令を受けた第二戦隊の戦艦伊勢と日向は、戦艦ペンシルベニアを航空隊が撃沈したという話に複雑な思いをいだきながら、ミルン湾を前進する。

そこで輸送船団を待ち、しかる後にラビを砲撃し、同地を占領する。

その混乱に乗じてブナ地区をはじめとする各方面からの航空隊がポートモレスビーを急襲。ポートモレスビーがそれらへの応戦で手一杯のなかで、第二戦隊がポートモレスビーに砲撃を仕掛け、上陸部隊がそこを占領する。

作戦の骨子はこのように単純明快だったが、戦艦ペンシルベニアとの戦闘が、この単純な作戦を狂わせた。

どうも戦艦だけでなく、敵空母部隊も動いているらしい。また、ペンシルベニアが撃沈されたことで、ポートモレスビーは警戒態勢に入っていることが十分予想された。

さらに戦艦撃沈により、航空隊も戦力を整備しなければならない。このまま、すぐにポートモレスビー攻撃は難しい。

これは、じつは深刻な問題であった。

なるほど戦艦ペンシルベニアは撃沈できたが、そのために航空隊の夜間出撃やガダルカナル島からの増援などを行った。それはそれでいいのだが、物資補給という点で備蓄が厳しくなったのである。つまり、継戦能力の問題が予想以上に深刻であることが明らかになった。

基地の設営が急速にできたのは成功だが、それを支えるだけの兵站(へいたん)がまだ未整備ということだ。

現状は、ともかくラビを攻略して確保した上で、状況を判断することになる。

戦艦伊勢の電探は敵機の動きがないことを示していた。状況を考えるなら、ポートモレスビーへの攻撃が予想される。それゆえに同地の航空隊は攻勢よりも守勢にあるためだろう。

ラビの工兵隊は、自分たちが友軍航空隊に守られていると信じていたが、いまこの時だけは、彼らを守るものはなにもない。

弾着観測機は飛ばさなかった。設営隊とともに上陸している陸戦隊が、敵の拠点を観測できる観測所を密かに設定していたからだ。設営隊は色々と測量を終えているため、敵の基地という地上の固定目標を砲撃するには万全の態勢だ。

ただし精度の高い砲撃のためには、二隻の戦艦は定位置で静止する必要があった。

しかし、ミルン湾の環境を考えるなら敵襲は無視していいだろう。

オーストラリア軍工兵は、当然のことながら平坦な土地に基地を建設していたが、そこは必然的に周囲の山脈よりは低い土地になる。

だから海軍陸戦隊の観測所は、容易にその場所を観測できるのだった。それでも太陽光が双眼鏡に反射するリスクはあるが、幸いにもいまは朝であり、彼らは太陽を背にしている。

「砲撃開始！」

戦艦伊勢と日向の砲術長が時間通りに砲撃を命じる。最初は伊勢、それから一〇秒遅れて日向。これは、どの弾がどの艦から発射されたかを確認するためだ。

最初は一発ずつ試射を行う。それらは予想通り、正確に建設中の基地に弾着した。

それが観測されると斉射が始まる。砲弾は建設途上の航空基地を完膚なきまでに叩き潰した。

密林を更地（さらち）にしたばかりの滑走路は掘り起こされ、資材施設は炎上し、建設機械もスクラップになる。

なによりも工兵隊員たちにとって、攻撃は寝耳に水だった。攻撃されるとしても航空機だろうから、高射砲や機銃陣地は少ないながらも配備されていた。

だが、まさか戦艦で砲撃されるとは彼らも予想していない。予想していないだけではなく、なすすべがない。戦艦に耐えられるような陣地など構築していないのだ。しかも砲撃を受けている時点で、工兵たちは自分らが何により攻撃されているかさえわからなかった。彼らの中には、戦艦の艦砲による攻撃を受けた経験のある人間などいないのだ。

航空機がいないから爆弾ではない。大砲なのはわかるが野砲より大きい。しかし、野戦重砲陣地を日本軍がこんな場所に建設しているなどという話は聞いていない。そんな活動があれば見逃すはずはないのだ。

あるいは、これが戦艦による砲撃であると最初からわかっていたなら、工兵たちも耐えられただろう。彼らもプロであるから、対処すべき相手のことはわかる。

それさえわかれば逃げることを含め、なすべきことが見えてくる。しかし、彼らには自分たちを攻撃している相手がわからない。それが彼らを無力にした。

最終的に彼らは、部隊として撤退というより、烏合（うごう）の衆（しゅう）としてその場を離れるしかなかった。

連合国軍が撤退した時点で砲撃は止まり、そして陸戦隊が上陸を開始するとともに観測機が発艦する。観測機の役目は、敵部隊に降伏を呼びかけることにある。

皮肉なことにオーストラリア軍の工兵たちは、この降伏を呼びかけるビラによって部隊の秩序を回復した。混乱していた工兵隊は、再び部隊として集結する。

だが日本海軍も捕虜については、まだ十分な経験を積んでいるとは言いがたかった。というのも陸戦隊が到着するまでの数時間、交代で観測機が上空でにらみをきかせていたものの、工兵たちは文書関係を焼却し始めたからだ。

それ自体は日本軍としてはやめさせたい行為であるが、同時にどこの国の軍隊でも、この状況なら行う作業でもある。そのため陸戦隊が武装解除を完了した時、捕虜たちはほとんどの文書を焼却し終えていた。

ともかく、これによりラビの基地建設は連合国軍側から日本側に移った。

水島技術少佐は、占領後のラビの建設現場に四輪トラックで入った。この四輪トラックも小型車による工業技術向上の成果であった。

日本陸軍は、かねてより四輪駆動（というより全輪駆動）に興味を持っていた。

大陸のような道路の整備されていない土地での運用を検討したものだ。そのため海外から四輪駆動車を購入したり、自身で試作車両を製造するなどして基礎データを集めていた。

結論としては、陸軍は四輪駆動車あるいは六輪駆動車などの全輪駆動独立懸架の利点は認めつつも、機構が複雑でコストがかさむという判断から、六輪車で後輪四輪が駆動輪という方式に落ち着いた。

ただ、それでも全輪駆動独立懸架式の研究は続き、四輪駆動独立懸架の一トントラックが開発され、少数ながら生産されていた。

六輪ではなく四輪なのは、六輪駆動では構造が複雑になることと不整地の走破性で、全輪駆動独立懸架なら六輪も四輪も性能に大差はないためであった。

電撃設営隊には、この全輪駆動独立懸架式の四輪トラックが部隊によっては配備されていた。ほとんどが陸軍向けなので、これは仕方がない。

この四輪トラックは生産数は少ないものの、陸軍でも傑作軍用車と言われており、野砲や山砲を搭載して悪路を走破する機動戦運用などが行われ、戦果をあげていた。

むしろ特殊部隊の機動力を担う兵器とされたこともあって、軍機ではないが比較的秘匿される機材だったことも、量産に消極的な理由であった。

皮肉なことに、日本の自動車産業は小型車や二輪車で基礎的な技術水準を高めたにもかかわらず、アメリカのジープのような自動車は開発されず、もっぱらこの四輪トラックが用いられた。

ジープもまたトラックの一種であり、積載量が大きいほうが有利という判断と、やはりこの四輪トラックが傑作だったことが、逆にジープ的な車両の必要性をなくしたのである。

もっとも、アメリカのジープのように量産できないため、車両の数の少なさを積載量で補わねばならないという日本軍の事情もあった。陸軍もジープを鹵獲して国産化を研究したが、日本でも製造可能という結論は得られた。

しかし、自動車産業そのものが航空機生産に投入される状況では、積載量の小さいジープ的な車両を量産するメリットはないと判断されたのである。

そんな四輪駆動車だから、水島は移動指揮所のように使っていた。

彼は山田吾郎技術少佐のようにバイクを疾走させるような真似は苦手なのと、現場で問題を即決するためには色々と資料などが必要で、そこはトラックのほうが好都合だった。

タイガー計算機まで積み込んであるのだ。必要なら荷台で寝ることも水島は厭わなかった。

「まぁ、しかし、見事に掘り返してくれたな」

水島は伊勢・日向の砲撃の跡をまわっていた。こういう場面こそ、四輪駆動独立懸架がものを言う。

戦艦伊勢や日向の主砲は、大和はもちろん長門よりも威力は小さいはずだが、それでも地面の凹凸具合は戦艦の力を水島に感じさせた。

もっとも復旧という点で見れば、状況はそれほど深刻ではない。穴は埋めればすむことで、そのための重機はある。

むしろ基地建設の一番面倒なところはオーストラリア軍の工兵隊が工事しているので、それを占領した形の電撃設営隊にとっては、大幅な工期短縮となった。

ただ問題は、ポートモレスビーの敵軍もラビの基地については知悉していることで、そこは攻撃に対して脆弱な部分でもある。

それに関しては、やはり水上戦闘機隊が対処することになる。三隻の貨物船も伊勢・日向の攻撃終了後、再びミルン湾に戻ってきた。

移動式電探は稼働しており、現時点で敵機の動きは察知していない。戦艦ペンシルベニアが撃沈され、ブナ地区や他方面の日本軍航空隊の動きに備えているのだろう。

ただ、水島はある種の順調さに不気味さも覚えていた。

「敵空母部隊はどうなったのか?」

2

空母サラトガのラムゼー艦長にとっては、すべてが皮肉であった。結果的に、彼らは空母ホーネットとの邂逅には失敗した。二隻の空母は邂逅せぬまま南下して、日本軍の勢力圏外に逃れた。

それを可能としたのは戦艦ペンシルベニアであり、彼女が撃沈されたからこそ、そのどさくさに紛れて二隻の空母は危機を脱したという感がある。

しかし軍事作戦として、この状況が決して望ましいものではないことも明らかであった。

「我々はどうなるのでしょう?」

ラムゼー艦長は非公式に、そんな疑問を部下たちから受けていた。

それは非常にまずい状況であることを意味する。部下たちからして、自分たちの存在理由に疑問をいだいているようでは、先が思いやられる。

しかし一番の問題は、艦長である自分自身が部下たちに明快な指針を示せないことだ。

もちろん米太平洋艦隊司令部には、状況を質すべく作戦の要求をしているのだが、明快な反応はまだない。

反応がないこと自体、太平洋艦隊司令部の混乱ぶりを示しているのではないか。

そもそも空母二隻と戦艦一隻は、攻撃目標をどこにするのかでさえ二転三転している。新事実が発見されるごとに、火消しにまわろうとしているかのようだ。

ミッドウェー海戦で日本海軍の大型正規空母三隻を撃沈したというのに、どうにも太平洋艦隊はその有利な状況を活かしきれていない。そんなことがラムゼー艦長にも感じられた。

「我々の任務は、ガダルカナル島の攻撃かポートモレスビー防衛、このいずれかの作戦に従事することになろう」

3

「ニューギニア島、特にポートモレスビーの防衛は戦略上、欠かすことはできません。同時に、ガダルカナル島もまた放置できません」

スミス参謀長の説明に、米太平洋艦隊司令部は白けた空気でそれを受け止めていた。ニューギニア島もガダルカナル島も大事。そんなことは言われなくてもわかっている。

「しかし、現時点で戦艦ペンシルベニアは失われ、空母二隻は撤退した。この状況では二兎は追えんのだ」

ニミッツ司令長官の言葉に幕僚らはうなずく。ほかに何ができようか。

「現時点での戦力は、水陸両用部隊が一個師団、空母二隻の任務群が一つ、その任務群を支える部隊が若干だ。

　この戦力でできるのは、ガダルカナル島攻略かポートモレスビーの防衛か、二つに一つだ」

　もちろん時間さえあれば、同時に両方の問題を解決するだけの戦力を育成できる。

だが、まさにその時間がない。時間こそが最大の問題なのだ。

そして、日本軍の侵攻はいまだにやまない。ミッドウェー海戦の敗北でかつての勢いはないとしても、依然として警戒すべき戦力を保持している。

六隻の大型正規空母は、確かにあの海戦で半減した。だが、まだ三隻も残っており、それは米太平洋艦隊にとって十分に脅威となる。

しかも日本海軍の第三艦隊は、蒼龍などとほぼ同等の飛鷹と隼鷹を就役させ、その戦力は海戦前と大きく変わらない水準まで持ち直している。

放置すれば大型空母八隻だったものが、五隻まで減らすことができたとも解釈できるが、慰めになるような話ではない。

「方法はあります」

そう発言したのはレイトン情報参謀だった。

スミス参謀長は、その発言に露骨に不快な表情を見せた。だが、レイトンはむしろスミスの不快そうな表情に笑みを浮かべる。

ニミッツは重要幕僚二人の反目を憂鬱な気分で見ていた。幕僚の格ということなら、スミスが本来ならレイトンの上になる。

しかしレイトン情報参謀こそ、ミッドウェー海戦勝利の立役者だ。彼と彼のスタッフの尽力で、米太平洋艦隊は敵空母部隊を大敗させることができた。

だがこの戦勝により、米太平洋艦隊の空気も変わってしまった。表面的にはスミスとレイトンの個人的反目に見えるが、ニミッツは問題がそれほど単純ではないことを理解していた。

要するに、それは米太平洋艦隊という組織における艦隊畑と、情報に代表される支援畑の反目である。情報やロジスティクスこそが戦争の勝敗を決するという一派と、艦隊正面の武官たちこそが戦争の主役という一派の対立だ。

ワシントン中央での勤務経験のあるニミッツは、現代戦はその両方が車の両輪のような関係であることを熟知していた。

レイトンやスミスとて、それは理解しているはずなのだ。それがわからないような人間なら、そもそもこの場にいられるはずがない

ただ、彼らは望むと望まざるとに関わらず、すでに派閥の領袖として祭り上げられている。

特にレイトンの場合は、いままで冷遇されていた部下やスタッフたちを日のあたる場所に出してやりたいという思いもあり、あえて憎まれ役を買っている部分もある。

そういう状況であるから、ニミッツがその場しのぎの仲介をしたところで問題は解決しないのだ。むしろいまは、仲介するには時期が悪すぎるともいえる。

日本軍に対してスミス陣営が成果をあげ、ミッドウェー海戦のレイトン陣営と対等になった時、そこで両者の融和が図れるのではないか。なぜなら対立を招く基本的な要因は、自分たちが劣勢に立つという恐怖心にあるのだから。

「それで情報参謀、策があると言うがどんな策だ？」

ニミッツとしてはその案がなんであれ、あまり耳にしたいとは思わなかった。愚策なら不愉快なだけだし、逆に正鵠（せいこく）を射（い）た作戦だとすれば、戦果の均衡による和解という彼の計画は遅れることになる。

どちらにしても面白くないが、なにより面白くないのは、司令部の不協和音を容認してでも戦果が必要という太平洋艦隊の現状である。

「話としては非常に単純です。ラバウルに在泊中の二隻の敵戦艦、伊勢と日向を撃沈するのです。

空母を三隻失い、さらに戦艦二隻を失えば、日本軍は攻勢から一転して守勢になるはずです。彼らがそうやって方針転換を行ったなら、我々がガダルカナル島への攻勢をかけても、ポートモレスビーは安全です。

いや、戦艦を失い、ガダルカナル島まで失ったのであれば、彼らはなおさらポートモレスビーには手出ししないでしょう」

それはレイトンの言う通り、単純明快な作戦だった。しかし、単純なだけに失敗の可能性は低い。

「何を使う？」

ニミッツの問いに答えたのは、スミス参謀長だった。

「ホーネットとサラトガに再度のチャンスを与える好機でしょう。前回は邂逅に手間取り、危うく各個撃破となるところでしたが、今回は二隻の行動をともにさせる。空母二隻の航空隊はかなり強力な部隊となります！」

スミスの提案は理にかなったものに思われた。というより、レイトンの策を実行するとすれば、これ以外に方法はない。

ニミッツが立案しても、戦力的にはそんなものになる。戦艦に対峙できる戦力といえば、それくらいしかないのだから。

「小職も参謀長の意見に賛成です」

レイトンは言う。

「それで参謀長は、どのような作戦を？」

それはなかなか意地の悪い質問であった。戦力に関しては、空母二隻は誰でも考えつく。問題は、それをどう活用するのかだ。

スミス参謀長も、根拠なくその職についているわけではなかった。

「高速巡洋艦部隊を編成する。それがゲリラ戦を行えば、相手が巡洋艦であれば敵は戦艦を投入する。そうして戦艦が出てきた時、空母二隻が始末する。

詳細は後に考えるとして、基本的な戦術はこんなところではないかと」

「敵の基地航空隊はいかが致します?」

レイトンは意味ありげに言う。

「敵の航空基地を夜間に砲撃し、一撃離脱で後退するという戦術も考えられる。やりようはあるだろう」

「確かに」

レイトンがそれ以上は押してこないことに、ニミッツもスミスも違和感を覚えたが、それよりもこれで作戦が進みそうなことこそ重要だろう。

レイトンとて馬鹿ではない。ここで勝利の芽をつむようなことはしないのだろう。

「そうであるなら、ニューギニアを攻撃するのが良策でしょう。ポートモレスビーの航空支援も受けられますから」

レイトンの提案にスミスもうなずく。ニミッツはわずか数分の間の状況の変化に驚くとともに違和感さえ覚えていた。

対立していると思っていた二人が、このわずかの間に意見の一致をみた。

むろん、それは和解というようなものではないだろう。しかし、両者ともに合意すべきところでは合意するだけの良識がある。ニミッツには、それはなによりも嬉しいことだった。

とりあえず、スミス参謀長の案により作戦は実行されることになり、まず陸軍航空隊に働きかけ、大規模な補給が行われることとなった。

ポートモレスビーへの補給はケアンズやクックタウンからではなく、鉄道を利用してダーウィンまで物資を輸送し、そこからポートモレスビーに向かうルートが取られた。

それは言うまでもなく、日本軍に補給部隊の存在を気取られないためだ。この補給部隊の支援のため、クック少将麾下の巡洋艦部隊が編成されていた。

軽巡三隻、駆逐艦四隻の小規模高速部隊だ。彼らの当面の目的は陽動部隊となることだった。

「レーダーに反応があります」

旗艦である軽巡サバンナのクック少将は、すぐに砲撃準備を命じる。

「貨物船が二隻か」

レーダーに映る船舶は二隻。速度から貨物船と思われた。

ガダルカナル島にでも向かう船だろう。深夜であり、レーダーしかその存在を知る方法はない。

どう攻撃するか？　それについては考えてある。可能な限り接近し、三隻の軽巡で砲撃を加える。

至近距離では照準は難しいが、苗頭（びょうとう）さえ合っていれば命中界は大きくなるから何発かは命中するだろうし、命中弾が出るなら貨物船は沈む。

なにより重要なのは、ここで巡洋艦部隊が活動しているという事実を敵艦隊が知ることだ。なにしろ陽動部隊であるのだから、知られなければ困る。

灯火管制でレーダーがなければ、クック少将も自分の部隊の所在さえわからない。月もなく曇天であり、周囲は文字通りの闇だ。

巡洋艦は貨物船から五キロまで接近する。主砲はほぼ平射での戦闘を準備している。

三隻は、まず先頭の一隻を狙う。三隻で総計四五発の砲弾が斉射される計算である。一回の斉射で致命的な命中弾が出る計算だ。

「戦闘開始！」

貨物船にとっては青天の霹靂(へきれき)であっただろう。突然何かが光ったと思ったら、周囲に水柱が立つのだから。

至近距離であるため発砲から数秒で弾着し、発砲音に先立って砲弾の破裂音がする。

貨物船にとっては周囲に水柱が立つだけでも何が起きたかわからないのに、数発の命中弾が出たことで船内はパニックに陥(おちい)っていた。

しかも輸送中の物資の多くがドラム缶に入った航空燃料や弾薬のたぐいであり、誘爆で轟沈(ごうちん)こそ免(まぬが)れていたが、船が救えないほどの火災に見舞われたことは明らかだった。

この状況に対して攻撃を免れた僚船は、すぐに緊急電を打つとともに現場からの回避を選択した。

自分たちが攻撃を受けないのは、敵が自分たちの存在を知らないため。その可能性に彼らは賭けた。

それは可能性の低い選択肢ではあったが、非武装の貨物船であるからには、逃げる以外の選択肢がないことも間違いない。

だが当然のことながら、逃げ切れるわけもない。それは単に見逃されていただけなのだから。

貨物船が大爆発を起こしたタイミングで、クック少将は攻撃の再開を命じた。二隻目の貨物船は僚船が松明となっているため、むしろ照準は楽であった。

やはり一回の斉射により貨物船は炎上した。

「敵船は無線通信を行っています」

通信科からの報告を受け、クック少将は撤収を命じる。ガダルカナル島の哨戒飛行に捕捉されないところまで退避する必要があるからだ。

「さて、敵はどう出てくるか」

4

「こちらの状況を把握した上での攻撃とすれば、これは厄介だな」

ガダルカナル島航空隊の司令官である溝口大佐は、基地への補給任務に向かっていた貨物船二隻が襲撃され、全滅したことにショックを受けていた。

ガダルカナル島の北滑走路と西滑走路は完成し、戦闘機や陸攻を有する堂々たる航空基地として完成した。

ただ、完成を急いだ結果として物資の備蓄が十分ではなかった。陸攻や零戦はラバウルから自力でガダルカナル島の基地まで飛んでこられるが、燃料や消耗部品は船で運んでこなければならない。

こういう用途では高速艇が望ましいが、数が少ない特殊機材であるため、電撃設営隊の移動やニューギニアなどで敵に対する逆上陸作戦で多用され、輸送任務に用いる余裕がない。

むろん量産されてはいるが、最前線への強襲任務も多いため損耗率も高く、一般的な輸送任務には使えないのである。

実際問題として、ガダルカナル島は最前線基地であるから、ラバウルからガダルカナル島までの航路で敵部隊に襲撃されることはあまり考えられていない。

過日も戦艦ペンシルベニアを沈めたばかりであり、この海域の制海権は完全に日本海軍が掌握しると思われていた。

とは言え、マハン提督も著作で述べているように、制海権を確保したと言っても敵艦船を完全に排除することは不可能であり、今回のようなゲリラ戦的な攻撃は阻止しがたい。

本当なら明朝をもって陸攻による索敵と攻撃を行いたいところであるが、燃料の制約がそれを許さない。

仮に敵軍がこちらの船舶輸送のことを把握し、その上で攻撃を仕掛けてきたとしたら、索敵によって燃料を消費することは敵の策動に乗る結果となってしまう。それは避けねばならない。

とりあえず、溝口司令官はツラギ基地に対して飛行艇の出動を要請した。ツラギの燃料事情は不明であるが、打撃戦力として自分たちの燃料は確保したい。それが溝口の考えだ。

その点で了解されたのか、されなかったのかは不明だが、ともかくツラギは飛行艇を出してくれるという。ただし稼動機の問題もあり、出せるのは二機という。

正直、それでは索敵としては戦力不足だと思う。しかし、自分たちからは出せない以上、二機でもゼロよりはましだ。

輸送船の代替としてラバウルからは緊急の燃料輸送が行われた。陸軍が開発したという大型グライダーによるものだ。

最大輸送力は七トンという印象的なグライダーであり、陸攻用の滑走路が活用できた。それが五機やってきた。

しかし、最大で六〇〇〇リッターの燃料を消費する陸攻相手では、グライダーによる燃料補給も焼け石に水でしかない。

むしろこの燃料供給で、零戦隊の燃料事情が改善した。敵襲の可能性があるなら、戦闘機隊の働きが重要になるからだ。

しかし溝口としては、あくまでもこちらが受け身に徹する状況には満足しがたいものを感じていた。

「艦攻隊を待機させるか……」

補給の問題はガダルカナル島の航空隊に色々な影響をもたらしていたが、その一つが定数問題だ。じつは陸攻として数に入っているうちの六機だけが、陸攻ではなく艦攻だった。生産が追いつかないためである。

内実はどうあれ、機体定数を揃えるのは、それが部隊の定員問題とも関わるためで、定員を可能な限り遊ばせないという意味がある。

それに定数通り陸攻が配備されたのに、人間がいないので飛ばせないという馬鹿げた事態は避けねばならない。

正直、陸攻の代わりに艦攻を配備された時には、ふざけるなと思ったものだが、いまとなってはむしろ好都合とさえ言える。

溝口大佐は、すぐに六機の艦攻に五〇〇キロ爆弾を搭載し、索敵と敵を発見した場合の攻撃にあたらせた。

ツラギの飛行艇と合わせ、これで敵を発見する可能性はかなり高くなったはずだ。しかし、索敵は空振りに終わった。航跡らしきものを発見した機体もあったが、航跡を追ううちに見失ってしまったのだ。

また、海鳥が残飯をあさっている場所があり、その周辺も重点的に捜索されたが、やはり空振りに終わった。

「逃げたのか」

夕刻になり、最後の艦攻が帰還した時、溝口大佐はそう結論せざるを得なかった。

「複数の巡洋艦が、たった二隻の貨物船を撃破するためにソロモン諸島に進出し、撤退したというのでしょうか?」

副官の疑問は溝口の疑問でもあった。

確かに輸送路を寸断するというのは、戦術としては効果的だ。だが、それは継続的に行うべきもので、一〇〇〇キロを行ったり来たりするような作戦では、ほぼ効果は期待できないだろう。

じっさい自分たちだって、一回こうした攻撃を受けたなら相応の対策は講じるわけで、作戦の効果は長期的には疑問である。

艦隊が本格的な護衛戦力で船団を守ったら、敵の攻撃はより困難になるだろう。

「二隻だけというのは、敵も予想外だったのかもしれん。例えばこれが一〇隻、二〇隻という規模であれば攻撃し、退避するという戦術でも理にかなっているとは言えるのではないか」

「我々の船団が、予想以上に小規模だったと」

「残念だが、そう解釈すれば辻褄は合う」

「だとすれば、敵はこんな不経済な作戦は、もう行わないのでしょうな」

「たぶんな」

そうは言ってみたものの、作戦は二度と行われないと断言する自信は溝口にはなかった。

5

クック少将の部隊は日本軍機に発見されることなく、ソロモン海を遊弋していた。一つには日本軍機の索敵が噂通り手薄であったこと、さらにレーダーがあれば回避は可能だ。

レーダーで見ている限り、進路変更の航跡を誤解して、あらぬ方向を探していた飛行機もあったようだ。

さらに、支援部隊の潜水艦が海上に残飯を散布し、日本軍をあらぬ方向に誘導するという工作も成功した。

結果としてソロモン海にはとどまれたが、交通破壊で日本軍を誘導するという作戦には修正が必要なこともわかってきた。

日本軍による海上輸送路の物量が予想以上に貧弱だったためだ。次の船団を待っていては、先に発見されかねない。

レーダーで敵機を回避したり、残飯で敵の目を逸らせるというのも所詮は弥縫策でしかなく、長期的な作戦活動では通用しない。

そもそも今回の作戦は、交通破壊戦が目的ではない。敵戦艦をおびき寄せることが目的なのだ。だから、意味もなく交通破壊戦を続けるわけにはいかない。

「ツラギを砲撃する」

クック少将は攻撃目標を、そう定めた。ガダルカナル島を砲撃することも考えたが、機雷堰(きらいせき)などが設置されている可能性もあり、うかつに接近するのは危険だろう。

実際は機雷堰などないのだが、この点では彼は日本軍を買いかぶっていたと言える。

しかし一番の理由は、これも含めてガダルカナル島に関する情報が極端に少ないことだ。

孤島ではあるがガダルカナル島は大きな島だ。水路の安全さえわからない部分がある。

だから敵の航空基地の大雑把な場所の予測はできても、正確にどこにあるのかがわからない。少なくとも砲撃をかけるほどの精度では不明だ。

一晩砲撃をかけたがジャングルを焼いただけで、夜明けとともに日本軍機の空襲を受けるなど最悪だ。

だからガダルカナル島という選択肢はない。

その点でツラギは好都合だ。もともとオーストラリア軍の基地があったところだから、周辺海域の航路については不安がない。その情報は確保されている。

それに基地についても、どこを攻撃すべきか明らかだ。攻撃は容易い。

ただ、クック少将がじっさいに攻撃を仕掛けるまで意外に時間が必要だった。基地がオーストラリア軍のものであるため、それについての確認作業が必要だったという。

この辺の状況はクック少将にはよくわからないが、米軍がオーストラリア軍の基地を攻撃するにあたって、米軍が攻撃後の基地を専有するようなことが懸念されていたらしい。

同盟国なのにとも思うが、同盟国でも外国という解釈もできなくはない。いずれにせよ、攻撃は許可された。

ツラギに部隊が接近した時、通信長が報告する。

「ツラギでの無線通信量が増えています。どうやら気取られたようです」

「気取られた……レーダーがあるのか！」

ツラギ基地にレーダーがあるのは、当然と言えば当然だ。ただ、いまは深夜であり、敵航空隊が来るとは思えない。しかし奇襲はできなくなった。

「最大戦速！」

クック少将は部隊に命じた。こうなれば高速を生かした一撃離脱で勝負に出るしかない。朝一で敵航空隊も動くだろうから、できるだけ遠くに逃げる必要がある。

こうして巡洋艦部隊の攻撃は最大射程で行われた。命中率には疑念があったが、相手は静止する島である。命中精度の悪さは砲弾の威力と数で補うしかない。

じっさい砲弾の何発かは敵の基地にダメージを与えているらしい。接近する前からツラギは水平線を赤く染めるほど燃えている。

通信長からは、ツラギより一切の電波が途絶えたとの報告もくる。

そのためツラギには、部隊はそれほど接近せずにすんだ。それを行わずとも、ツラギの基地機能が失われているのは明らかだ。

「ツラギから飛行機が飛び立ちました！」

レーダーからの報告は、クック少将を緊張させた。航空隊の反撃かもしれない。

しかし、飛び立った機体は一機だけ。大型なのは飛行艇であるためか。それはまっすぐにクック少将の部隊へとやってくる。

すぐに対空戦闘準備が下命される。せめて爆弾の一つも投下してやろうという考えなのか？

飛行艇が接近すると、巡洋艦や駆逐艦の対空火器が一斉に作動する。それが引き金になったのか、四発の飛行艇は巡洋艦に向かって速度を上げる。

マズルフラッシュやサーチライトが飛行艇を照らす。そこには両翼に爆弾を搭載した飛行艇が浮かび上がる。

「本気で反撃するつもりか」

そうなのだろう。攻撃を受けたツラギから逃げるなり、報告に向かうという選択肢もあるのに、この飛行艇は接近してきた。

砲撃は激しいが、飛行艇は飛んでいる。主翼から炎が見えたが、それでもなお飛行艇は飛び、そして爆弾を投下する。

それは巡洋艦には命中しなかったが、近くの駆逐艦を直撃した。大爆発とともに駆逐艦の一番砲塔が吹き飛び、火災が発生した。

しかし、当たりどころが悪すぎた。駆逐艦はすぐに誘爆を起こし、竜骨が折れるように海中に没した。轟沈だ。

そして飛行艇もまた、主翼の火災が鎮火しないまま空飛ぶ十字架となりながら巡洋艦に近づき、空中で爆散した。

夜空に十字架が走り、次の瞬間、闇一色に塗りつぶされる。飛行艇は駆逐艦一隻と刺し違えた形だ。

「なんて連中だ！」

クック少将は敵を讃えようとは思わなかった。むしろその執念に恐怖した。

「早く戦艦がやってきてくれないと、俺たちはこの先もあんな連中と戦うことになるぞ！」


「撃墜されてしまったか……」

ツラギ基地の指揮官は、出撃した飛行艇が撃墜された有様を見ることとなった。

敵巡洋艦部隊の接近は電探によりわかっていた。だから出撃準備と避難は終えていた。戦うという選択肢はなかった。砲台があるわけでもなく、ツラギでできるのは飛行艇による攻撃と基地の損害を最少にして、早期の復旧を遂げることだけだ。

だから飛行艇を出撃させたのは、攻撃のためではなく、飛行艇を救うためだったのだ。しかし、彼は戦うことを選んでしまった。

あるいはそれは、自分たちを囮にして基地の被害を減らそうという考えだったのかもしれない。しかし、いまとなってはわからない。

指揮官としてできることはただ一つ。彼らの死を無駄にしないこと。彼はそのことを深く胸に刻んだ。

第2章　攻勢準備

1

ブナ方面でのクック少将の作戦が続いているなか、ポートモレスビーに向けて大規模な船団が向かっていた。

ケアンズとダーウィンから分散して出港した船舶は途中で一団となり、そのままポートモレスビーへと入港していく。

最初に入港した貨物船はトラックとクレーン車だった。それらが揚陸されると埠頭に再配置され、本格的な揚陸が行われる。クレーン車は埠頭クレーンの目的で並べられていた。

この作戦においては、オーストラリア軍の名もなき主計官の発案が大いにものを言った。

ポートモレスビーに短期間に（可能なら一晩で）大量の物資を揚陸する。これはブリスベーンやシドニーのように沖仲仕（おきなかし）などによる人海戦術では不可能であり、機械力を用いねばならないことを、この主計官は見抜いていた。

クレーン車による臨時クレーンの増設は、そのためのものであったが、彼の発案はそこにとどまらない。

最初にトラックを揚陸したことからもわかるように、彼は後の世で言うパレットを発案し、採用した。

それは木製の板を金属で補強したものだが、トラックの荷台に収まる大きさだった。物資はパレットごとにトラックの荷台に収まる大きさと重量に決められていた。物資はその範囲でパレットに積まれ、網で覆われ、パレットの四隅から延びるロープをクレーンのフックで引っ掛けて運び、そのままトラックに積み込む。

こうして船舶の積み荷は迅速にトラックに移し替えられ、集積所に運ばれていった。そこから先は個別の仕訳になるが、ともかく船舶の回転率は上がる。

このパレット方式は、短期間に船舶の物資を揚陸するという点では大成功だったが、この作戦以外で多用されることはなかった。一つにはトラックに載せることが前提であるため、積載量に限界があり、船舶輸送する場面で無駄な容積が生じたからだ。

特にパレットを積み重ねるような状況では、下のパレットが潰れないようパレットを支える支柱が立てられたりしたが、そこに生じる空間の無駄は輸送業務を行う人間には看過できなかった。

無駄な空間がないように物資を積み込むのが原則である。パッケージングが必要な場面もあるが、それは木箱などで対応できた。

だから、パレットによる揚陸の時間短縮の利点は認めつつも、空間の無駄は兵站の専門家にはすこぶる評判が悪かった。

ポートモレスビーへの緊急輸送という特殊作戦だから実現できたというのが、本当のところだ。

これに関連して二つ目の問題は、現場の人間がパレットに過積載を行いがちであったことだ。理由は先の空間の無駄のためだ。

主計科の人間たちは、せっかく整理されたパレットにあまりにも空間の無駄が多いため、わざわざ物資を積み替えるという暴挙に及んだのである。

冷静に考えるなら、これはまったく不要な行為だった。各船舶に搭載する物量は決まっているのだから、容積を詰めたところで輸送力が増えるわけではない。

ただ、彼らにしてみれば、最大効率を追求することを叩き込まれてきたため、そうした空間の無駄を看過できなかったのである。それはもはや文化の違いレベルの話だ。

問題の三つ目と四つ目は、ここから発生した。

まず空間を埋めたことで、パレットの重量が超過となり、トラック輸送が困難になった。さすがにトラックが壊れる前にパレットが壊れたが、クレーンで移動中にパレットが崩壊した時は頭上から物資が降ってきたことで、多数の怪我人も出た。無事にトラックに搭載して移動できても問題はあった。パレットの番号と積載している物資リストが合わないのである。

それはそうだろう、あとから隙間に物資を詰め込んだから、どうしてもリスト外の物資が出る。

一方で何も載せていないパレットも生じたため、船から降ろした物資の需品管理は大混乱してしまった。パレットはパレット単位で処理することで、経理処理も簡略化するという主計官の目論見は完全に頓挫してしまった。

唯一の救いは、最終的にリストと物品の照合は過不足なく終わったことだが、当事者にはさして慰めにはならなかった。

そして、五番目に最大の問題が生じた。

パレットは荷揚げ作業を機械力で完結させる試みだったが、これに対して沖仲仕らの反発はとてつもなく強かった。それもある意味、当然のことで、要するにパレットの採用は彼らの職を奪う試みにほかならない。

最初にパレットに積荷を規定通りに並べたのは沖仲仕たちで、彼らも軍の緊急任務ということで作業にしたがってはいた。しかし、彼らこそがもっとも的確にパレットの意味を理解していた。

だからこそ、これを放置すれば自分たちにとって最大の脅威になることも理解できた。

結果として沖仲仕たちは、パレットなどの研究をしないように海軍当局に要請した。戦時輸送に協力する見返りに、そうした研究を禁じるように申し入れたのだ。

幸か不幸か、海軍中央の担当者はパレットの意味も可能性も理解できない人間だった。だから要請は受け入れられた。

結果的にポートモレスビーへの緊急輸送はパレットの採用で、ともかくも成功はした。だが、主計官の発案はこの場限りのものとして、それ以上は研究されることもなかった。

世界がコンテナの恩恵を受けるまでには、さらに二〇年ほどの時間を必要とすることになる。

しかし、そうしたドラマとは裏腹に、ポートモレスビーは確かに息を吹き返した。もちろん飛行機は小型機が分解して運ばれてきた程度で、航空基地として万全とは言いがたい。

ただ燃料や車両、建設機械や資材などはようやく必要量が確保され、その他の兵器類も揃った。

そして、パレット以外にも船舶で運ばれていたものがある。オーストラリア軍と米陸軍の将兵だ。それは、戦いが次の段階に入ったことを示していた。

2

この頃、太平洋方面の米軍は、ニミッツの米太平洋艦隊とマッカーサー大将の二人により指揮されていた。ただ、両者の戦略には隔たりが大きかった。

一つにはマッカーサーが戦争に勝つことよりも、フィリピンを解放することを優先しているかのような作戦指導をすることに、ニミッツが不信感を抱いていることも大きい。

これはニミッツだけでなく、ワシントンのキング海軍大将も同様であった。

陸海軍の対立はあるとしても、現実問題として陸海軍の協力なくして対日戦は行えない。

そこで両者の担当分野を設定するとともに、海軍側から陸軍側に協力する（あるいはマッカーサーの暴走を監視する）部隊として、ロバート・L・ゴームリー中将指揮下の南太平洋部隊が置かれることになる。

この部隊はニミッツの指揮下にあるのだが、編成にあたってはキング大将の意向が強く働いていた。

ゴームリーの司令部はニュージーランドのオークランドに置かれていたが、その彼がいま、メルボルンでニミッツと会議をすることになった。もちかけたのはゴームリー長官だった。

二人の会議は、ゴームリーが借り切ったメルボルンのホテル内で行われた。

「ちょっと厄介なことになってきました」

「厄介とは？」

ニミッツは嫌な予感がした。ゴームリーがわざわざメルボルンで会合を持つという時点で、何か面倒な案件という予感はあった。

面倒な案件とは、彼の立場からしてマッカーサーがらみだろう。日本軍との勝敗なら無線通信ですむ話だ。

「ポートモレスビー防衛のため陸軍の要請にしたがい、大規模船団を送りました」

「成功したな？」

「はい」

大規模船団による補給成功は喜ぶべき話であるはずだが、ゴームリーの表情は冴えない。

「我々は船舶の護衛を担当し、船団そのものは陸軍が担当していました。大規模とは思いましたが、ポートモレスビー防衛のための部隊も輸送するという話でしたので、特に疑問は感じなかったわけです」

「しかし、そこに問題があった？」

ゴームリーはうなずく。

「敵戦艦をおびき寄せて、基地航空隊と空母部隊で仕留める。その計画をマッカーサー司令部も知ったようです。

ポートモレスビーの航空隊には協力を打診しましたし、おそらくはオーストラリア軍から情報が流れたのでしょう。陸軍航空隊も駐屯してますし、そこは驚くべきことではありませんが」

「航空隊の協力だけではなさそうだな」

「マッカーサー司令部は、制空権下でのブナ地区攻略を計画しています。ポートモレスビーから陸路でブナ地区に侵攻し、そこを占領するという計画です」

無茶だろう。それが、ニミッツが最初に考えたことだ。

別に彼でなくても、そう思う。ポートモレスビーを日本軍がいまだに陥落できないのは、山脈がブナとポートモレスビーを隔てているからだ。

いかに米陸軍の装備が優秀でも、山脈を越えての進軍は正気の沙汰とは思えない。

アメリカ東海岸を徒歩で走破するのとはわけが違う。ニューギニアのジャングルを走破すると言うのだ。山脈を攻略しつつ。

もちろん年単位の時間があれば、道路建設は可能なはずだ。しかし言うまでもなく、そんな時間などない。

そんな常識をゴームリーも共有していた。だが、マッカーサーは違うと言う。

「マッカーサー司令部によれば、まずオーストラリア軍には現地人部隊のようなものがあり、彼らが密林を進み、道路を設定するそうです。人間なら通過できる程度のものですが補給路にはなる」

「私は海軍軍人だが、小銃と手榴弾だけで日本軍陣地を攻撃するのは無謀なことくらいわかるがな」

「むろん、それだけではありません。マッカーサー司令部は、空輸による部隊移動を計画しています。輸送機で山脈を越えて部隊を移動させ、拠点を構築し、日本軍を攻撃するつもりです」

「つまり、空挺を導入するというのか？」

空挺の投入にはニミッツも虚をつかれる思いがしたが、冷静になってみると、やはりそれも無茶だろう。

どれほどの規模かは不明だが、ブナの日本軍を攻撃するには、少なくとも旅団規模の兵力は必要だろうし、そうなれば五〇〇〇人規模の空挺部隊を投入することになる。

だが、ランドマークもないジャングルの中で、五〇〇〇人規模の空挺部隊を投入して無事に集結できるのか？

よしんばそれが可能として、そこから日本軍のいるところまで移動するのは容易ではあるまい。それともマッカーサーには何か勝算があるのか？

「海軍がその気なら、海軍の攻撃に呼応してブナ地区を海と陸から挟撃すると、マッカーサー司令部は言っています」

「言っているのか……」

空挺を用いるというマッカーサーの自信がどこから来るのかわからないが、ニミッツの立場ではやめさせるわけにもいかない。

それよりも、状況はかなり面倒なことになってしまった。この先のことを考えるなら、マッカーサー司令部の申し入れを拒絶はできない。

海兵隊の水陸両用師団も錬成中であり、陸軍部隊が投入できるならそれに越したことはないからだ。

ただ太平洋戦域での陸海軍の連携は、米太平洋艦隊の自由裁量に制約を加えることになる。陸軍の了解がなければ海軍の作戦は動けない。

それは陸軍にとっても同様であるが、マッカーサー側は、米太平洋艦隊の戦力を使えないとしても、ゴームリーへの協力要請はできる。彼の部隊にはそのための部隊という側面がある。

だから、ここで米太平洋艦隊が協力を断るのは得策ではない。協力すればマッカーサー司令部への介入の手段も確保できるが、協力しなければ、彼らは自分たちの手の届かないところで作戦を進めかねないからだ。

「わかった。マッカーサーには協力しよう。ただし、期日までに陸軍が作戦位置に進出しているという条件でだ。その条件が満たせなければ、我々は動かないですむ」

「もし期日までに部隊を進出できなければ、海軍は独自に活動するということですね」

「そういうことだ」

しかしゴームリーの表情は、いまひとつ冴えない。

「何か懸念でもあるのか」

そんなニミッツにゴームリーは言う。

「マッカーサーは、すでに動いているようです」

3

そこにあったのは幅五〇メートル、長さ二〇〇〇メートルほどの更地(さらち)だった。

ジャングルの中で、そこだけ樹木がない。赤茶けた泥がむき出しになり、申しわけ程度にならされているのは、この更地がかなり手荒に建設されたためだ。

樹木にダイナマイトを埋め、文字通り根こそぎ樹木を吹き飛ばしたためだ。

作業を指揮したリチャード大尉は工兵で、部下もほとんどが工兵だ。米兵は一〇〇人ほどだが、物資を運ぶために雇った現地人がやはり一〇〇人ほどいた。

工兵以外には軍医と衛生兵が多い。感染症に対処するためだ。ここではそれが最大の課題となる。

医療関係者とほぼ同数なのが調理人たちだ。

両者には密接な関係がある。栄養状態がよいことが感染症予防となるからだ。じっさい輸送する物資の大半は、部隊規模に比して恵まれた量の食料品だ。

時に空中から生肉が投下され、回収に成功すればステーキが振る舞われる。それは時に野生動物との競争になるが、兵士たちもステーキとなると動物よりも嗅覚が働いた。

もっとも、ステーキの材料を空中投下するような真似までして彼らを支えるのは、先遣隊である彼らの行程が困難なものであることの裏返しだ。

彼らはポートモレスビーからスタンレー山脈を越えて、ブナ地区へと迫っていた。

重装備での走破は困難と考えられ、最小の装備での進軍が行われた。

消耗品は徹底して空中投下で補われた。現地人も含め二〇〇名程度なのはこのためだ。缶詰や安全な飲料水、燃料などを投下することで、部隊は重装備での登山という最悪の事態は避けられた。

そうして山脈を越えた時、最初の大規模な空中補給が行われ、彼らは重装備での行軍を開始した。現地人の庸人（ようじん）も、ここで真価を発揮する。

部隊にかかった費用を考えれば尋常ではない額だろう。それを惜しげもなく投資しているのは、マッカーサー大将の執念と言われていた。

部隊の進軍目的地について、候補地はいくつかあった。現地人の証言や航空偵察により、複数の候補地をリストアップしていた。

作戦に必要なのは一箇所であったが、現地人は米軍にとって必要な拠点の要件を十分理解しているとはいえず、また航空偵察にも限界はある。

じっさい航空偵察では適地と思われたのに、いざ現地に入ると樹木に隠れて川が流れているようなところもあった。だから候補地は複数必要なのだ。

候補地の二箇所が傾斜の問題や土壌の問題で却下され、三箇所目でやっと理想的な場所に行きあたった。

そこで彼らは樹木に爆薬を仕掛け、更地を作り、伐採した木材で小屋を建てた。

丸太を組み合わせ、隙間は泥で埋めるという建物としてはお粗末なものであったが、屋根も細い丸太を並べ、油紙で雨風をしのげる点ではテントより快適だ。

それでも作業は過酷であり、食事以外はなんの楽しみもないような状況である。可能性は低いが、日本軍部隊と接触しないとも限らない。それでも戦闘は最大限避けるように言われていた。

理由は装備が貧弱であるためだ。野砲などを抱えては山を越えられない。それに重火器を装備すれば砲兵なども必要になり、空中補給の負担が増える。

彼らの装備といえば、小銃にサブマシンガン、あとは手榴弾だけである。敵軍と一回戦闘を行えば、それ以上の戦闘は不可能だ。

「ステーキより機関銃だろう」

そういう意見もあった。しかし、マラリア患者の機関銃より健康体の小銃のほうが戦闘においては望ましい。そもそもステーキより機関銃と言う兵士にしても、前線のステーキを拒否したことはない。

そうやってできた更地を人力で整地して、工兵の行進で転圧する。どこまで意味があるかは疑問であるが、何もしないよりはましだろう。

そして、ついに作戦の時は来た。

周囲はジャングルであり、空は見えない。また、航空機から簡単に発見されても困る。

まず、時間通りに信号弾を打ち上げる。すぐに飛行機から信号弾を確認したとの無線が入る。第一段階は成功だ。

飛行機が認めた信号弾の位置は、パイロットが考えていた位置とはややずれていた。それが修正されると、二度目の信号弾が打ち上げられる。

今度はパイロットの予想通りの場所だったのだろう、彼らの上空を輸送機が通過した。それは先導機であり、本隊はその後に続く。

輸送機が場所を確認したことが了解されると、所定の場所から狼煙(のろし)があげられる。

狼煙は更地だけでなく、そこに至るジャングルの中でも点火された。狼煙が直線状に並んでいるので、その方向に進めば間違いない。そして、更地の狼煙だけは色が違った。

場所を示すのと、現場付近の風速や風向を示す意味がある。

幸いにも風はほとんどなく、狼煙は真上にあがっていく。着陸する側には好都合だ。

グライダーが更地に着陸した。アメリカ製のそのグライダーは幅が二五メートルほどあり、用意された更地なら着陸可能だった。

グライダーそのものは使い捨てだが、パイロットの腕がいいのか、安定した着陸を見せた。

着陸したグライダーは次の着陸の邪魔にならないよう、脇にある伐採だけした駐機場に人海戦術で移動されていく。

そうして五機のグライダーが着陸に成功した。すぐに工兵たちは機材を下ろす。一つは履帯式の小型のトラクターで、牽引が目的というより、エンジンから動力と電気を取り出すためのものだ。

パワー・テイク・オフ機構により、エンジンの回転動力はほかの作業機械の動力として活用できた。製材機や掘削機（くっさくき）の類（たぐい）であり、またワイヤーを介したウインチとしても期待できた。

だが、彼らが真に待ち望んでいたのは別の機材だ。トラクターのウインチにより、分解されて複数のグライダーに積まれていた機材が引き出される。

「本当にマッカーサーの親父は約束を守ったぜ！」

リチャード大尉は目の前のブルドーザーに目を見張った。それは操縦方法などは通常の大型ブルドーザーと同じだが、この作戦のために特注されたものだ。

エンジンもアルミ、履帯もアルミ、鉄の使用は最小限度にして軽量化を達成した大型ブルドーザーだ。

　鉄をアルミに代えたので、強度を確保するために鉄より分厚い部材もあったが、分解してグライダーに搭載できる程度の機械には仕上がっていた。

　もちろん、これは任務が終わったら、そのまま放置される。回収するための手間を考えたら、放置するのが一番だ。だからこそ、耐久性を考えなくてよいという部分もある。

　トラクターのウインチを利用して簡易クレーンを組んだりしてブルドーザーは組み上がり、エンジンも始動した。これからこの更地を拡大し、部隊を迎えるための拠点を作り上げる。

　機材は再びグライダーで運ばれるが、鉄パイプとベニア板のグライダーだけに、それはそのまま宿舎などの材料になる。ジャングルで無駄なものはないのだ。

　拠点でもっとも重要なのは、輸送機を迎えられる滑走路の建設だ。恒久的な施設ではないので、穴あき鋼板を並べて滑走路にする。戦闘機などの運用までは考えていない。

　あまり派手に動けば日本軍に気取られる。それでは、いままでの苦労が水の泡だ。

　それに彼らの目的は、ブナ地区を陸軍部隊が攻略するための後方支援施設の建設であって、戦闘機や爆撃機を運用する航空基地ではない。

航空基地ならポートモレスビーで用は足りる。あくまでもこの滑走路は輸送機の離発着用だ。もっとも、戦闘機や爆撃機の緊急避難的な滑走路には使えるだろうが。

アルミ製大型ブルドーザーが輸送機用の滑走路を建設している間も、グライダーからの補給は続いた。

そうした作業の中で、ついに最初の輸送機が着陸した。輸送機に乗っていたのは、最初の増援部隊であった。

次に、小型のブルドーザーが再び分解されて運ばれてくる。ただし、今回のは既存品を分解しただけだ。

大型が拠点を整備するかたわら、この小型ブルドーザーは日本軍を攻撃するための道路建設にあたる。最前線では道なき道を進むとしても、前線までの補給路を確実なものにする必要がある。備蓄倉庫も設定する必要がある。

そのためにジャングルの中をぬうように、小型ブルドーザーで補給路を整備しなければならない。こうした用途では大型より小型のほうが都合がいい。

道路は複数用意する。だから小型ブルドーザーも複数が空輸される。その間に輸送機用の滑走路も、一本から二本に増やされる。

日本軍に発見された場合を想定し、一つの大きな拠点ではなく中規模の拠点が複数建設され、道路で結ばれる形で工事は進んだ。

基地の分散は効率的とは言えないが、安全面は向上する。そうしている間にも、拠点への人員と機材は増えてくる。

ブルドーザーはなんとか輸送したが、自動車の輸送はほぼ行われていない。自動車よりも優先すべき物資が多いことと、自動車が通行できる道路の建設は容易ではないためだ。

逆に自動車が使えないからこそ、小型ブルドーザーの役割が大きいとも言える。完璧ではないとしても、幅が狭いとしても、道路があることは兵士の消耗を軽減する。

侵攻作戦にあたって、部隊は三方向から日本軍に迫る計画だったが、敵のかなり近くまでは一つの道路が補給線となり、そこから三方向に分岐して部隊の前進拠点が用意される手はずであった。

輸送機の滑走路のある本拠地があり、三叉路(さんさろ)と本拠地の間に中継基地が用意された。

これは主として補給のためで、本拠地と中継地、中継地と三叉路、それぞれのルートを往復する輸送隊が用意されることで輸送効率を上げるのだ。

このなかで本拠地と中継地の間だけは、一車線だけだが自動車の通行が可能で、トレーラーを牽引したジープが物資輸送を行えた。ジープが空輸可能な一番大きな車両であったからだ。

そうして中継地の倉庫に運ばれた物資は、今度は人海戦術で三叉路の倉庫まで運ばれる。

倉庫というが、伐採した樹木を製材して活用した小屋であり、耐久性はさほどない。しかし、作戦期間だけもってくれればそれでいい。

三叉路から各部隊の拠点へもまた、人海戦術で物資を運ぶことになる。ただここも、とりあえず道だけは開かれていた。それぞれの部隊にもテントを展開した物資集積所があり、前線までの物資はここがよりどころとなる。

小型ブルドーザーは三両空輸され、それぞれが三叉路から先を担当する。道路としては雑であるが、歩行に大きな苦労をしなくてすむ点は兵士たちにとって朗報だった。

作業の進展とともにリチャード大尉も前進し、いまは三叉路の拠点で工事指揮を行っていた。すべての作業は順調だったが、拠点整備の中で上層部の考え方もわかってきた。

それは、この三叉路の拠点と中継地に設備の整った野戦病院を建設するように命じられたためだ。

簡単な怪我や応急処置は各部隊の拠点で、それより重症な場合は三叉路の拠点病院で、それより重症な場合は中継点の病院に送られる。本拠地には病院はない代わり、輸送機でポートモレスビーに後送される段取りになっていた。

そのため、三叉路と中継点までも自動車が通過できるだけの道路の改良が行われていた。ただ、前線から三叉路までは人力で負傷者を移動する必要があった。

ただし、相変わらず歩兵の装備は比較的軽い。重機関銃や迫撃砲は運ばれてきたが、戦車はもちろん野砲もない。陸海軍の共同作戦なので、敵陣地は軍艦の火力で一掃するというのが計画趣旨だ。

また、重火器を運ばないことが山脈を越え、空輸ですべてをすませることの前提となっている。

だが作戦直前になり、新機材が輸送機で運ばれてきた。それは七五ミリ榴弾砲M1A1だった。全備重量七五〇キロ、最大射程七五〇〇メートルの火砲である。

これが運ばれてきたのは、日本軍への攻勢を仕掛けるにあたり、陸軍部隊の火力増強の意味があるという。この辺は陸軍首脳が肝心な部分で海軍を信用していないためと思われた。

M1A1自体は優秀な火砲であり、七つに分解して運ぶことも可能だった。ただ現場将兵はともかく、兵站関係者にはこの火砲は必ずしも歓迎されていない。なぜなら、ある部分までは自動車輸送が可能としても、最前線までは分解して人力で運ぶことになる。それは手勢で行うことになるが、すでにほかの物資も人力で輸送しているなかで、火砲の存在はかなり負担になった。

火砲は三チームにそれぞれ三門の合計九門が輸送されることになるのだが、相応の物資輸送に影響が出た。

さらに問題なのは、火砲は火砲だけあっても役に立たないという常識的な問題だった。砲弾を運ばねば意味がないわけだが、しかるべき数の砲弾を運ぶこともまた、輸送力の負担となった。

もともと当初の計画にはなかった増援であるため、九門の火砲は火力の著しい強化につながった反面、輸送力の負担を招いた。とは言え、物資を運ばないという選択肢はない。

結果的に輸送計画が修正され、運ばれる物資の順番が変更された。それでも大きな問題はないと思われた。

しかし、計算外の問題がさらに生じた。拠点建設が重要な段階を迎える時、火砲による負担増を補うため輸送機の頻度が増やされた。

リチャード大尉は重要物資の到着を待っていた。増援のジープである。やはり色々な局面で車両を増やす必要が生じたからだ。

だが、問題の輸送機は来なかった。

そして、それが日本軍機に撃墜されたとの報告は、夜とともに伝えられた。今後の空輸計画は夜間中心に切り替えられるとの通告とともに。

4

ファーガソン大尉の部下は五〇人、これに五〇人の現地人の雇員がいる。総計一〇〇名の部隊である。

これ以下の人員では目的は達せられないが、これ以上の人数では隠密行動は取れない。

なにより急ごしらえの部隊であるから、訓練を受けた人間がこの程度しかいないのだ。

彼らは迫撃砲と機関銃を持ってジャングルの中を移動する。兵士の装備は全員がサブマシンガンだ。ジャングルの中では、拳銃弾でもサブマシンガンのほうが小銃より強力だ。

銃弾の威力は確かに小銃が勝るが、密林での戦闘距離は一〇〇メートルを超えることさえ稀(まれ)だ。数十メートル単位の戦闘距離なら、拳銃弾でも有効だ。

そんなファーガソン大尉らは、まず日本軍がソプタで運用しているレーダー基地を襲撃した。機関銃で掃射を仕掛け、迫撃砲でレーダー局を猛射し、そうして一気に撤退する。

迫撃砲は二キロの射程距離があるが、最大射程で砲撃を仕掛ければ、日本軍も容易に反撃できない。どこから攻撃されているかわからない相手に反撃はできない。

それでも敵軍を求めて前進してきた日本兵は、待ち伏せていた兵士たちがサブマシンガンで猛攻を加えて追い返した。

彼らはジャングルの中を徒歩で移動していたが、補給は空中投下で補っていた。それは軽装備だから可能な技であった。

「このまま海岸方面に移動し、日本軍の補給路を痛打する」

ファーガソン大尉はおもだった部下たちの前で、地面に地図を広げて作戦を説明する。

「ここは比較的整った道路だ。自動車の移動も頻繁であるから、襲撃する価値はある」

指揮官であるファーガソン大尉の説明に部下たちはうなずく。

作戦計画では、ある段階で現地人部隊は本隊と分かれて解散する。本隊はそのまま海に移動し、友軍艦艇と合流して回収される手はずになっていた。

彼らには日本軍の後方攪乱(かくらん)を行うという目的はもちろんあったが、軽装備の五〇人でできることには限度があることも十分承知していた。

ファーガソン大尉らの活動の目的は、連合国軍の輸送機の目的を気取られないことにあった。

拠点への補給は輸送機が頼りだったが、攻勢を前に輸送機による補給量が増えたことで、日本軍もその動きを警戒し始めた。

輸送機が不幸にも撃墜されるだけならまだしも、それにより建設中の拠点が発見され、ブナ地区への攻勢計画が露呈しては、いままでの苦労が水の泡であるばかりか、ジャングルの中の数千の米兵やオーストラリア兵が補給路を断たれ、一方的に日本軍の攻撃を受けることになる。

いや、日本軍はほとんど何もしなくていい。拠点を占領し、輸送機を追い払う。それだけで米豪両軍の部隊は、ジャングルという凶器に殺されてしまうだろう。

だから、ファーガソン大尉らはこれみよがしに活動し、輸送機の活動は彼らへの補給任務が目的と思わせる。じっさいに彼らへの補給任務は行われており、それは嘘ではない。

これは小細工といえば小細工だったが、どうやら成功しているらしい。一つには日本軍のレーダーを破壊したことで、輸送機の活動範囲が広がったことがある。

拠点方面の輸送機の動きは、既存の日本軍レーダー網には把握されなくなり、ファーガソン隊の空中補給だけが捕捉されているらしい。じっさい追い返されたり、撃墜された輸送機もあった。

ただ、そのおかげで拠点に向かう輸送機に関しては、迎撃も撃墜もされていない。

それでも楽観できない事実もある。最前線に集結している攻撃部隊の斥候が、日本軍の斥候と危うく戦闘になりかけたというのだ。

斥候隊の指揮官が優秀な人物であったため発砲には至らず、日本軍は彼らの存在に気がつかないまま撤退していったという。

日本軍の装備は彼らにしてはかなり重装備であり、長期間の活動も視野に入れていたらしい。それだけに日本軍は連合国軍の動きに何かをつかみかけていると思われた。

司令部は、それを無線通信が増えたためではないかと分析していた。ただ、それはどうも拠点の活動を疑っているものではなく、ファーガソン隊の活動を追跡しているらしい。

空中補給を行うためには無線通信が必須であり、それが多いということは、敵はそこにいる。そういうロジックだろう。

結果的にファーガソン大尉は、意味もなく無線通信を増やし、日本軍の関心を引きつけた。一度などは敵の斥候を待ち伏せ、機関銃で十字砲火を浴びせたこともある。これには現地人の軍属の存在が大きくものを言った。

日本軍との交戦により拠点への関心を逸らせるという目的は、再び達成できるようになった。

連合国軍の三つの前進拠点の周辺には急遽、マイクが設置され、日本軍が接近したら、その音を察知できる態勢が組まれたが日本軍の接近はあれ以来、認められていない。

反面、日本軍のファーガソン隊への圧力の強まりも無視できなくなっていた。地上部隊との接触こそなくなったが、戦闘機の姿を見ることが増えた。見るだけではなく、機銃掃射により死傷者も出ていた。

数人の負傷者を護送するために現地人の軍属の半数を費やし、一番近い前進拠点まで運ぶようなことも起きていた。

これはなかなか悩ましい問題だ。じつは数人しか知らないが、過去に北アフリカで同様の状況があり、その時はファーガソンは足手まといの負傷した部下をそこに置いていったが、彼はそこで自殺した。

ただしこれは公式見解で、じっさいはファーガソンが射殺した。負傷者から秘密が漏れるのを恐れてのことだ。

当時はアレキサンドリアの防衛が真剣に論じられていた時期であり、誰もが非情というか、特別な精神状態にあったのだ。

さすがに彼も、負傷した部下を射殺したのはその一度きりであるが、必要だったとはいえ、二度と繰り返したくはない。現地人軍属に後送させたのはそれが大きかった。

もっともそれは感情の問題だけでなく、そろそろ現地人軍属を縮小する段階でもあったためだ。今回の攻撃計画が終わったら部隊はそのまま海岸に向かい、友軍艦艇と合流することをファーガソンは決めていた。

本隊の攻勢までは時間もない。戦場となるだろう場所でウロウロしていては、同士討ちになりかねない。

ともかく、いまのところ日本軍の関心を拠点から逸らせることには成功している。今回の輸送隊の襲撃で日本軍の前線部隊の補給は細り、それは攻勢に出る友軍の利益になる。

その道路は舗装こそされていなかったが、幹線道路として考えられているのか、スコールがあっても泥沼にはならなかった。土壌改良により水はけはよくなっているようだ。

道幅も意外に広く、トラックがすれ違えるほどはないが一キロほどの間隔で、車両がすれ違える幅の広い場所があった。じっさい自動車の轍(わだち)は多い。

しかも、それらは真新しい。この天候の土地で轍が残るというのは、比較的頻繁に車両が通過しているからだろう。だから、最低でも一日待てば敵は来る。

すでに迫撃砲弾は使い尽くしたので、迫撃砲は埋めて処分した。この襲撃が終われば機関銃も破壊して埋める。あとは軽装の機動力を生かして海に向かうだけだ。

「何か来ます！」

部下の声とともにエンジン音が聞こえてくる。全員に待機させる。しかし、エンジン音にしては不自然だ。

その理由は、すぐにわかった。エンジン音はオートバイだった。

ハーレーダビッドソンそっくりだが、アメリカ製ではないようだ。日本のライセンス生産か何かか。

オートバイはなにごともなかったかのように、ファーガソンらが潜む道路を通過していく。

どうやら輸送部隊をオートバイが先行しているらしい。道路状況を確認するのかもしれないし、対向する自動車隊と接触して、待避所でどちらが相手をやり過ごすか相談をするのかもしれない。

確かに一車線の道路で部隊を移動させるとしたら、賢い方法かもしれない。

同時にこのオートバイは本隊の先駆けであるから、早晩、本隊である自動車隊が来るだろう。

ある意味で当然だが、連合国軍も日本軍もニューギニアでは馬匹(ばひつ)はほとんど用いられていない。ニューギニアの自然環境は馬のようなデリケートな動物には過酷すぎたためだ。

軍馬を養うのは、じつはなかなか難しい。馬糧ひとつとっても、その辺の草を喰わせておけばいいというものではない。安全な麦なりなんなりを調合して与えねばならず、それは結局、よそから運んでくる必要がある。

人間なら最悪、現地調達の食料でも生きていけるが、馬はそうはいかない。

ニューギニアは面積が広いのに野生馬がいないというのは、もともと馬には不向きな土地ということだ。

それを考えるなら、自動車のほうが有利だ。積載量は馬より多く速度も速い。ニューギニアという環境を考えるなら、人力輸送か自動車輸送の二択しかないのだ。

「本隊が現れたら、すぐに攻撃を開始せよ。先頭車両だけでいい。敵の退却路は開けておけ。ここで戦闘が起きたという事実が重要だ。敵を全滅させる必要はない」

ファーガソン大尉は部下たちに命じる。

そう、まさに襲撃したという事実こそが重要であり、戦果はそれほど求めていない。

そうしているなかで、遠くからエンジン音が聞こえてくる。部隊の将兵はサブマシンガンを構え、近くに手榴弾を置く。

だがエンジン音が大きくなり、敵輸送隊の姿が見えた時、ファーガソン大尉らは自分たちが攻撃すべき相手を間違えたことを知った。

輸送隊はトラックが一〇両ほどだったが、先頭を走るのは軽戦車だった。九五式軽戦車一両が車列の先頭を走っている。

ファーガソン大尉には、日本軍が戦車まで投入してくるとは意外だった。自分たちはそこまで警戒されているのか？

いずれにせよ、この戦力で戦車を相手にするのは無謀だ。彼は攻撃せず、彼らをやり過ごすことにした。

だが、信じがたいことが起こる。先頭が戦車にも関わらず、最初の命令を疑わずに攻撃を仕掛けた班があったのだ。

あるいは日本軍の戦車を侮っていたのかもしれない。いずれにせよ、攻撃したことで車列は止まり、戦車の砲塔は攻撃を仕掛けた側に向かい、そして戦車は砲撃を加えてきた。

対戦車戦では三七ミリ砲は非力な火砲の代名詞のように言われているが、いまのような陣地戦では無視できない威力を持っている。そもそも機銃座を制圧するための火砲なのだ。

しかも砲弾が軽いために速射がきいた。ファーガソン大尉らの部下たちは戦車の反撃により、次々と斃(たお)れていく。

さらに、後続のトラックから一個分隊程度の兵士たちが降りてきた。ファーガソン大尉は、それらの日本兵たちにサブマシンガンの猛射を浴びせると、部隊に撤退を命じた。撤退するよりない。

非情だが、歩けない負傷者はそのまま放置した。至近距離からの砲撃を受けて助からないことは明らかだったし、いまは部隊の全滅を避けるほうが先だ。

さすがに戦車も、ジャングルの中にまでは追撃を仕掛けて来なかった。ある程度までは迫ってきたが、日本兵も深追いは避けたらしい。

ただファーガソン大尉の部隊は、戦車と日本軍歩兵との戦闘で甚大な損害を負っていた。彼の部下は半数以下にまで減っていたのだ。

さらに致命的なのは、通信士を無線機ごと失ったことだ。これで外部との連絡は不可能になった。

こうした事態も想定して、通信が途絶しても迎えの艦艇は時間には定められた場所に現れるよう決められていたが、その時間を逃せば彼らは原隊に戻るすべを失ってしまう。

しかも無線機がないので、空中補給を受けることもできない。現地人の雇人は解散させてしまったから、自分たちはいまある水と食料で生き延びねばならないのだ。

そうなると、計画通りに海岸まで進むか、日本軍に投降するか、友軍の拠点まで戻るか、いずれかの方法しかない。

「とりあえず海岸まで進む。友軍の拠点まで戻るには遠すぎる。ここからなら、期日までに海岸に到達できるはずだ」

ファーガソン大尉の決定に異論を唱える者はいなかった。現状では、誰が考えても同じ結論になるだろう。

二〇人程度の移動は、ある意味では楽であった。ファーガソン大尉は日本軍が建設した道路を移動していた。

日本軍は少なくともニューギニアでは、自動車が使える限りは自動車で部隊を移動させていた。それはアメリカ人のファーガソン大尉には意外だった。日本軍がこれほどまで自動車化されているとは思わなかったからだ。

ただ、彼らにはそれが幸いした。自動車音がしたらジャングルに隠れればいいからだ。オートバイが前衛となり、本隊が二キロほど後に続く。

彼らはこのルールを守って動いていたので、オートバイにさえ気がつけば、あとは楽だ。

ファーガソンも前衛、本隊、後衛という布陣で動いていたので、前からも後ろからも自動車の接近を察知できた。

とは言え、自分らを通過する日本軍部隊は決して直接遭遇したいとは思えない連中だった。

軽戦車と遭遇したのは、あの戦闘のあとは一回だけだが、その後は装甲車との接触が増えていた。

装甲板で周囲を囲い、防楯付きの七・七ミリ機銃を装備した車両だ。同じ型の車両を何台も見たので制式化されたものだろう。

おおむね一個分隊の兵士を乗せ、自動車隊の先頭を走っている。車体の側面にはガンポートらしい装甲板で塞がれた穴も見えた。いざとなれば、あそこから歩兵が銃撃を仕掛けてくるのだろう。

さすがにそんな相手に戦闘は仕掛けなかったが、海岸に接近するにつれ、敵部隊の装備が充実してくるのがわかった。

だからこそ、ファーガソン大尉は臆病なまでに慎重に行軍を続けた。邂逅時間には時間的余裕があったことも、彼らには幸いした。

ただ懸念はあった、無線機がないため時間変更ができなかったのだが、部隊の収容は昼間に行われることになっていた。

おそらく計画段階では、明るいうちに短時間で収容しようと考えたのだろう。夜間では収容作業に時間がかかると判断されたわけだ。

さらに、計画の時点では制海権も制空権も、日米どちらかはっきりしていなかった。

しかし、ファーガソン大尉は海岸に接近するごとに日本軍の戦力が整っている現実に、その想定が正しいのか不安になっていた。

それでも二十数名の部隊は、無事に海岸をのぞめる場所に到達した。彼にとって、ここまで無事だったのは奇跡にさえ思われた。

部隊は海岸に進出し、迎えの駆逐艦を待った。その海岸は当然ながら、日本軍の拠点からは離れていた。少なくとも地図の上では、そうである。

しかし、そこまで楽観できるのか彼らは不安だった。なぜなら、海岸からは見えないが、内陸側に軽便鉄道が敷設されていたためだ。

少し内陸を進むと日本軍の鉄道が走っているのだ。むろん、彼らから海岸は見えないわけだが、海岸の米兵たちには生きた心地がしないのも確かだ。

同時にファーガソン大尉は、この軽便鉄道が意味することをはっきりと理解していた。こんな鉄道でも敷設されていれば、兵站面で日本軍は圧倒的に優位に立てる。だからこそ彼は原隊に戻り、この事実を報告しなければならないと考えていた。

「見えました！」

部下の一人が報告する。

水平線の向こうに駆逐艦の姿が見える。敵か味方かはまだ識別できなかったが、単独の駆逐艦なのは間違いない。

彼らは決められたように信号弾を上げる。それに対して駆逐艦からも発光信号が送られて来た。

日本軍機が現れたのは、まさにそのタイミングであった。急降下爆撃機らしき飛行機が続けざまに爆弾を投下した。

爆撃機は五機程度が飛んできて、爆弾は複数命中したらしい。収容作業のために昼間に現れた駆逐艦は、そのまま爆撃機により撃沈されてしまった。

「馬鹿な……」

ファーガソン大尉は目の前で起きたことが信じられなかった。冷静に考えれば駆逐艦が接近すれば、日本軍のレーダーに察知されるなど当然ではないか。発見されれば、爆撃されるのも当たり前だ。

そして、爆撃機の攻撃は終わっていない。

「直上！」

部下の叫び声と爆弾の投下は同時だった。六機目の爆撃機がファーガソン大尉らのいる海岸に爆弾を投下する。

二発の爆弾が爆発し、二十数名の米軍兵士はそれにより吹き飛ばされる。隠れる場所さえない海岸であることが災いした。

それでもファーガソン隊の任務は成功していた。日本軍は、彼らが空中補給を受けて日本軍の後方攪乱にあたる部隊としか理解していなかった。ブナ地区への大攻勢を、日本軍はまるで気がついていなかった。

第3章　密林戦

1

ブナ地区に接近した駆逐艦がレーダーに発見され、急降下爆撃機により撃沈され、収容予定だった特殊部隊も全滅したとの情報は、翌日にはクック少将のもとにも知らされていた。

ある意味、クック少将には駆逐艦側の采配が理解できなかった。どう考えても撃沈されてしかるべきではないか。日本軍にもレーダーはあり、航空基地も健在なのだ。

ならば、昼間に特殊部隊を収容しようとすれば攻撃されないわけがない。

亡くなった人間たちには申し訳ないが、それは駆逐艦側の研究不足としか言いようがない。クック少将は、そう考えていた。

じっさい彼は入念な準備の末に作戦を実行し、いまだに日本軍と接触さえしていない。

一つには日本軍のレーダーを研究し、その特性を解析してきたからだ。技術的根拠はわからないが、日本軍の水上艦隊の見張用レーダーは比較的天候の影響を受けやすく、さらに対空レーダーに比して有効距離も短かった。

だから、クック少将はレーダーでスコールなどを捉えると、そこに入って敵のレーダーから姿を隠すようなことをしていた。また、島陰を背景にするのも有効で、日本軍のレーダーの感度はそれでずいぶんと下がるようであった。

そうした情報を細かく吟味しながら、クック少将は作戦に従事してきた。

仮に撃沈された駆逐艦について、多少なりとも同情の余地があるとすれば、クック少将の得た情報が共有されていなかったことか。

しかし、相手の能力をどこまで自分たちが把握しているかこそ、重要な軍事情報であることを考えるなら、それは仕方あるまい。

そして、すべての準備が整ったいま、彼は攻撃位置に向かっていた。

深夜である。侵攻ルートはいくつか考えていた。島陰を背景に、敵の電探の性能が低下する位置へと向かうのだ。

天候は良くも悪くもない。月は出ていないし、海岸付近は靄で覆われている。どうやら、この状況でも日本軍のレーダーの性能はかなり低下するらしい。

じっさい通常なら発見されている距離まで前進しても、日本軍の反応はない。哨戒艇が接近するでも、飛行機が飛んで来るでもない。

一方で、砲撃する側は照準を定めている。相手は静止目標である。そして、日本軍のレーダーの位置も電波傍受でわかっている。

レーダーのある場所が敵の基地であるから、そこに砲撃を加えれば敵の基地は打撃を受ける。少なくともレーダーは破壊されよう。

駆逐艦は対潜警戒にあたっている。砲撃だけなら巡洋艦で十分なのと、遠距離砲撃を行うのだから、ここで駆逐艦の主砲に合わせるのは得策ではない。

一五門の主砲を持つ軽巡が三隻ある。一回の斉射で四五発の砲弾が、日本軍基地を襲うことになる。

斉射は一門あたり二〇発、行われた。それだけで九〇〇発の砲弾となる。そして敵が混乱しているなかで、砲撃はさらに別の場所で行われる。こうした攻撃が四箇所で行われる。

内陸部に二箇所、海岸部に二箇所である。こうした攻撃により日本軍のレーダー波は消えた。敵軍は完全にレーダーを失ったのだろう。

クック少将は砲撃を終えると早々に撤退した。ラバウルあたりの哨戒機にでも発見されては大変だ。

「あとは陸軍の仕事だな」

2

吉成(よしなり)海軍大佐はアンゴ基地の司令官であった。位置としては、海岸側ではブナとエンダイアデアに、内陸部ではソプタとドボデュラ、この四箇所のおおむね中心付近にあった。

ここは航空基地としてだけでなく、海岸の基地と内陸の基地を結ぶ兵站(へいたん)の中継点という意味もあったからだ。

ただ内陸と海岸とはいうものの、相互距離は一〇キロ程度しか離れていない。ブナとエンダイアデアなどは五キロも離れていなかった。

この基地にもレーダー設置の稟議(りんぎ)は通っていたが、まだ完成していない。ほかの四箇所があるから緊急性はないという判断だ。

吉成大佐が目覚めたのは深夜だった。雷鳴のような音に起こされたのだが、起きた時から嫌な予感がした。

それは外に出て確かめられた。

「敵襲か！」

海岸のほうも奥地のほうも、空が朱に染まっていた。アンゴの基地以外は敵襲により炎上している。

「何が起きた！」

それが吉成大佐の疑問だった。

電探が装備されている四つの基地のすべてが奇襲されるというのは、航空機ではあり得ない。それは、これが夜襲であることからもわかる。

ならば水上艦艇か？　しかし、それも電探の存在により奇襲はあり得ないはずだ。

「ならば敵の特殊部隊か？」

消去法でいけば、ほかに考えられない。すでに敵の特殊部隊が輸送機から補給を受けながら活動しているとの報告は届いている。

ならばこの四つの基地への攻撃は、彼らが行ったものではないのか？　基地は爆発物や可燃物の宝庫でもある。そこに小さな爆弾でも仕掛ければ、大規模な爆発を誘発できよう。

だとすれば、敵はそれほど大きな部隊である必要もない。じっさい敵部隊に関する情報は、補給の輸送機の規模からして中隊規模と言われていた。それが小隊規模に分散すれば、四箇所の同時攻撃は可能だ。

ただし、敵にも見落としはあった。このアンゴ基地を見落としたことだ。

吉成司令官はすぐに基地に総員起こしをかけ、事態への対処にあたった。予想されたことだが、ブナ、エンダイアデア、ソプタ、ドボデュラのいずれとも電話は通じない。

無線で呼びかけるが、こちらも反応はなかった。そこで吉成司令官は部隊のオートバイ隊を伝令として各基地に派遣した。それぞれ二両。一両は先方の基地にとどまり、一両が状況の速報を持ち帰るためだ。

「基地で早急に必要な物資が何かを調べ、報告してくれ。こちらで対応できるものは、すぐに輸送の手配をする」

吉成司令官にとって、このアンゴ基地が無事であることは不幸中の幸いであった。ここは航空基地としては小さいが、海岸基地と内陸基地を結ぶ物資集積所も兼ねている。

これは海岸からの船舶物流とともに、河川が使えるという利点ゆえだ。さすがに大型の貨物船は海岸でしか使えないが、小型船舶による輸送はできた。

それは一〇トン、二〇トンといった規模かもしれないが、自動車での輸送力よりははるかに大きい。それに、そうした動力艇は四隻ほどあり、物資集積所にとっては大きな戦力となっていた。

通常は海に面したブナ、エンダイアデアからの物資をソプタ、ドボデュラに送るのがアンゴ基地の役割だったが、いまはアンゴから攻撃を受けた四基地へ物資を送ることになるだろう。

そして、これに関連して吉成は守口技術中佐にも連絡を入れる。彼に頼むことがあったためだ。

第五電撃設営隊の隊長は守口で、彼は少し前までブナ地区にいた。

だが、海岸付近の設営に目処がたった時点で、主軸をアンゴに移したのである。

それはアンゴが今後の兵站基地として重要な役割を持つ（なにしろ野戦病院まであるのだ）ことも大きかったのと、ソプタ、ドボデュラの前線基地を後方から支える意味もあった。

これは、機械化された電撃設営隊を二つに分けて運用するのが非効率と判断されたためだ。作業工程ごとに機械化部隊が担当作業を行い、それを二つの基地の工事現場でそれぞれ別の作業を行うほうが効率的という判断だ。

つまりは単純な機械力というよりも、工程管理の問題ということだ。

守口技術中佐も、以前は単純に機械力で基地の設営能力は加算的に高まると考えていた。しかし、いざ副官としていくつかの設営隊の現場を経験すると、それは大間違いとわかった。

彼が現場で設営隊の作業に従事したのは開戦前のことである。南方の委任統治領に、軍事施設ではないが軍事施設への転用が可能な野戦築城を進めていた頃だ。

その時代、守口や山田のような設営隊の技術士官は、海軍籍を持ちながら帝大に通うような人間も多かった。

そこで最初は新任少尉として現場に出るのだが、彼は大げさに言えば文化的な衝撃を受けた。

工事現場はほとんどが土木会社に建設を委託し、海軍技術士官が監督する形が普通だった。つまり、民間企業は庸人(ようじん)の立場だ。

海軍の技術士官や会社側の技術者は、大学なり専門学校なりの高等教育を受けているのに対して、現場の作業員の大半は中学さえ出ていないものばかりだった。

さらに、大卒の技術者は現場に出ることなく事務所で自分の仕事にあたるだけで、作業員たちとの交流がないのが普通だった。そもそも大卒の人間と作業員たちは、帰属する世帯の所得水準はもちろん、文化水準さえ違っていた。

そのため同じ工事に携わる人間たちの間に、管理する側とされる側ではっきりとした断絶があった。工員たちは監督という中間管理職に管理され、技術者たちは監督とだけ話す。

こうした状況では、機械力の導入も生産性向上には結びつかなかった。働く現場の作業員にしてみれば、生産性よりも日当のほうが大事なのだ。

先輩技術士官などは、監督に金を払って工期の短縮などを図った。それは確かに効果はあったが、非効率な作業が少し効率的になったというだけで、守口にとってはエンジニアとして認められるような方法論ではなかった。

じっさい若い頃は、そうしたことで先輩と喧嘩したり、作業員から半殺しにされかけるようなことさえあった。ただそこまでやったことが、いまの電撃設営隊の隊長につながったのも事実だ。

結局のところ、海軍が庸人を使っているという構造の中では、工程の改善には限界がある。命令系統もそうであるし、日給制の工員たちを海軍が月給制にはできない。

さらに階級社会の海軍が、企業側に身分の違いをなんとかしろというのもおかしな話だ。

そうしたなかで、山田は守口に軍人設営隊の研究を行わせた。上から下まで海軍軍人で作業を行わせる部隊である。

この軍人化は、実態において作業員の待遇改善にほかならなかった。優秀な作業員には昇給・昇進の制度もあり、勉強の機会も提供する。

そうしたことは日本の土木会社では見られないことだった。そこには人材不足を解消したいという海軍側の思惑もあり、この点で両者の利害は一致していた。

ただ開戦後は、この軍人設営隊にも変わった部分がある。中国での戦闘で陸軍の輜重兵（しちょうへい）連隊が襲撃される事例が増えたため、輜重兵も戦闘訓練を強化されたという話から、軍人設営隊もまた戦闘訓練が強化されたことだ。

じっさい敵の特殊部隊と戦闘となり、敵を撃退したという事例もある。その時は陸軍の戦車も警護にあたっていたとはいえ、協力関係にあった海軍設営隊が十分な働きをしたことは、守口にとって大きな誇りでもあった。

そしてアンゴで、彼は吉成から敵襲の情報を知らされた。

「戦闘部隊を組織してくれないか」

アンゴの基地内はまだ電話が使えたが、守口は吉成の要求に電話が故障したかと思った。

「設営隊に戦闘部隊を編成しろと聞こえましたが？」

「その通りだ。訓練は受けているだろう」

確かに訓練は受けている。しかし、歩兵としては基礎的なものだ。

「受けてはおりますが、せいぜい大隊砲を撃てる程度ですよ」

大隊砲とは九二式歩兵砲のことで、大隊に装備されるため大隊砲と言われる。七〇ミリクラスの火砲としては、初速も遅く射程も短い。

しかし、そもそもジャングルでの戦闘は短距離戦が多く、ことニューギニアに関しては、さほどマイナスにはならなかった。むしろ軽量砲であることがジャングル戦では重要だった。

海軍の九二式歩兵砲は基本的には陸軍のそれであったが、近距離戦でのマズルフラッシュを軽減するためのサプレッサが取り付けられていた。

　ただ耐久性には問題もあり、陸軍も制式採用はしなかった。とは言え、アンゴ基地では重宝している。

「海岸からは、敵軍が上陸したとの報告は受けていない。未明と同時に偵察機を飛ばすが、状況はそれでわかるはずだ」

「それで？」

「伝令を出しているが、ブナからの報告では敵は巡洋艦による砲撃だけらしい。だとすれば、陸攻を飛ばせば撃沈できるはずだ。

　ブナかソプタ、ドボデュラのどれかの基地で復旧が可能なら、そこに物資を投入して陸攻を出したい。夜のあいだに手配できるなら、敵艦隊を返り討ちにできる」

「敵艦隊を返り討ちですか……」

　守口もその発想には驚いたものの、確かにやって見る価値はある。幸いにもソプタ、ドボデュラへの道路は以前よりもかなり改善されている。

「それで小型半装軌車に大隊砲は載るか？」

　吉成大佐はとんでもないことを言い出す。

「小型半装軌車にですか……載らないことはないですが」

「なら載せてくれ！」

小型半装軌車とは、簡単に言えばハーフトラックだ。特殊機材を改造して現場で作り上げた機材である。

最初は無理に結合して壊れたりもしたが、そこは技術者である。シャーシの補強などして、いまはかなり実用性を上げている。

「大隊砲ですか？　なんとかなるでしょう。ただし、弾薬は別車両になります」

「それでいい。敵の空挺がソプタやドボデュラに奇襲を仕掛けてきたら、大隊砲で返り討ちだ！」

この時に守口が思ったのは、噂に聞く独立懸架四輪トラックのことだ。あれがあれば、たぶん野砲や山砲も車載で利用できるはずだ。ニューギニアのような悪路にも強い。

ただし、いま現在あるのは小型半装軌車だけである。成り行きで守口も、自動車隊の一隊を率いることとなった。

現状で車両に詳しいのが電撃設営隊の人間であることと、攻撃を受けたソプタやドボデュラの実情を判断する必要があるからだ。

小型半装軌車両は一〇両あったが、吉成と守口は五両ずつ二隊に分けて部隊を編成した。守口はそのうちのソプタ方面を選択した。それを選んだのに深い理由はない。

自動車隊は小型半装軌車両五両のほかに、トラックやオートバイも可能な限りしたがえていた。これは基地の復旧に自動車が必要という判断からだ。

だから、小型半装軌車両には臨時の建設重機の代替という役割も期待されていた。重機の状況もはっきりしないが、無事ならそれを使えばよいだけの話だ。

それよりも守口は、緊張した設営隊員のほうが気になった。軍人設営隊になったため、緊急避難的な処置とはいえ、彼らは一時的に歩兵として出動している。

状況的に、敵の空挺部隊か何かと戦闘となる公算が高い。輸送機で補給可能な規模の部隊であるから、おそらくは中隊規模と言われていたが、これをチャンスと増援がなされないとも限らない。

つまり、彼らは事実上の初陣で激戦を経験することになるのだ。訓練しか受けていないというのに。

数少ない希望は、明るくなったらアンゴ基地から航空機の支援が約束されていることだ。とりあえずは艦攻が偵察にあたり、その後の対応を決める。

もし敵部隊を発見できたら反撃も可能だろう。もっとも、ジャングルの中で敵軍を上空から発見できるのか、それはわからない。敵の空挺部隊にしても、空からの捜索では見つけられなかったのだから。

ただそうだとしても、軍用機の存在は敵に対する牽制にはなるだろう。それだけでも、いまは重要だ。

「今日一日を乗り越えられるか、それが勝負だ」

守口はそう覚悟を決めた。

3

アルファ隊はソプタを左側面から、チャーリー隊はドボデュラを右側面から、そしてブラボー隊はソプタとドボデュラの中間から侵攻し、それぞれを包囲する。基本的な作戦は単純だ。

アルファ隊を指揮するタルボット少佐は、作戦に自信を持っていた。

前進拠点からソプタ基地の近くまで、進撃に使う道路はできていた。道路といっても下草を伐採し、歩兵が二列で進める程度のものだが、とりあえずそれで十分だし、あまり派手な工事をして日本軍に気取られるわけにはいかない。

だから最後の五〇〇メートルほどは、特に何もしていない。さすがに基地まで道路を啓開(けいかい)するわけにはいかないだろう。

もう一つの理由は、敵の基地に対して海上から巡洋艦の砲撃がなされるためで、接近しすぎて砲撃に巻き込まれるわけにはいかないからだ。

タルボット少佐には、上層部に含むところはなかったものの、海軍との共同作戦の不自由さは感じていた。海軍の火力など頼らず、陸軍部隊の野砲を増強すれば、それで十分と思うからだ。

おかげで、海軍の動きに自分たちの作戦は左右されることになる。そこは不自由だ。

しかし、それもいざ海軍の砲撃が始まるまでだった。ジャングルの中なので海岸の様子はわからない。わかったのは、ソプタの基地に弾着があってからだ。

砲撃がなされた場所と自分たちの待機場とは、直線にして一キロもない。その近距離に砲弾が次々と落下している。

ジャングルの木々が邪魔していても、砲弾が炸裂する音とかすかな地面の振動はわかった。一度、大規模な爆発音がして、炎の柱が待機所からも見えた。

おそらく弾薬庫か燃料タンクに砲弾が直撃したのだろう。ジャングルの向こう側が朱に染まる。

タルボット少佐は意見を変えた。野砲だけでは、こうはいかない。少なくとも手持ちのそれでは無理だ。

砲撃は計画通りの時間で終わったが、基地のほうは空が朱に染まったままだ。

「前進！」

アルファ隊は前進する。砲撃で混乱している日本軍に対して夜襲を仕掛けるのだ。後方には野砲も待機しているが、それは彼らが敵の基地に到達してからの出番となる。

残念ながら、ソプタ基地についてそれほど詳細にはわかっていない。だから野砲による精密砲撃は、自分たちが到達してからとなる。泥縄な気もしないではないが、この圧倒的な火力の前には、野砲の出番そのものがないだろう。

タルボット少佐は、いままでの入念な準備、つまり輸送機用の滑走路まで持った拠点整備から、物資集積所や前進拠点の整備までのプロセスを見て、自分らの勝利を確信していた。

敵の航空機を砲撃で破壊し、さらに混乱に乗じて夜襲を仕掛ければ、基地の占領は容易い。

その後の展開は状況次第だが、おそらくこのまま海岸に前進し、ブナ地区から日本軍を一掃することになるだろう。

だが、タルボット少佐の部隊は予想外の困難に陥(おちい)ってしまった。

「現在位置がわからないとは、どういうことだ？」

タルボット少佐は前衛部隊の伝令に状況を質す。ソプタの敵基地まで一キロもないはずなのに、どうして現在位置がわからないのか。

「夜間の行軍で予定の進路をずれてしまったようです。地図にはないはずの川に到達してしまいました」

「なんだと！」

前進拠点からソプタまでは、斥候(せっこう)がルートを調査していた。そのルートにしたがえば道に迷うこともなく、まして川になど出くわすわけがないのだ。そんな報告は斥候から受けていない。

日本軍はソプタ基地の兵站に、近くを通る河川を利用していた。道路と水路の複線で兵站の安定を図ったのである。ニューギニアのような道路建設が難しい土地では、河川の利用は重要な意味を持つ。

一方で、米軍側はソプタの河川輸送の存在を知らなかった。それも無理のない話で、ほぼ未開発のニューギニア島について詳細な地形を把握しているものはいなかった。いくつかの土地の周辺について地図が存在するだけと言っていい。

じつを言えば、アルファ隊はそれほど道を外れていたわけではなかった。ソプタの基地は河川輸送にも頼っていたくらいだから、基地に接近すれば川とも接触する。

これで船着き場に行きあたったのならば、彼らも状況を理解したのだろうが、行き着いたのは船着き場より一〇〇メートルほど上流だった。

だから、斥候の地図とそれほどずれていたわけではない。精度のずれは一〇〇メートル程度だ。

しかしニューギニアの土地では、一〇〇メートルずれると地勢は一変する。人の手が加わっている土地が一〇〇メートル先にあったとしても、目の前が人跡未踏（じんせきみとう）なら、もうわからない。

さらに、より本質的な問題があった。これは日本軍にも言えるのだが、米軍も日本軍も人跡未踏のジャングルという存在には経験らしい経験がなかった。

日本陸軍にしても、戦闘経験を積んだ将兵が知っているのは大陸であり、平原に過ぎない。米軍に至っては、そもそも戦闘経験を持つ将兵が少ない。

だから、夜間にジャングルを一キロほど進むことの恐ろしさを理解していなかった。一〇〇メートル先に船着き場があっても、彼らにはそれがわからない。

そして、正しいはずの地図が正しくないという認識が、彼らを恐慌状態に陥らせた。

彼らは引き返した。それだけなら正しい判断であった。だが、まっすぐ引き返したはずが、進路はどんどんずれていった。

移動は小隊単位で行われたが、先鋒となる小隊は川に遭遇したことで引き返し、四五度ずれた方向に進んだため、ジャングルの奥地に向かうこととなった。

一方、後続の第二小隊は皮肉にも、ほぼ正確なルートを通っていた。それはおおむね第一小隊のルートをなぞっていたが、第一小隊が道を間違えた地点で、自分たちのルートに自信が持てなくなった。

そこで伝令を先に前進させるが、彼らは道を間違えた第一小隊と同じルートをたどり、川に突きあたってしまう。

しかし第一小隊とは遭遇できず、そのことで伝令自身が自分たちは道に迷ったと考えてしまう。彼らは慌てて道を引き返すが、そこで第一小隊のルートを進んでしまう。

伝令たちは第二小隊がルートを間違えたという前提で第一小隊を追っていたので、第一小隊と接触できたことで、自分たちは正しいルートを進んだと考えた。

第一小隊は逆に、第二小隊の伝令と接触したことで、自分たちは正しい方向に進んでいると判断してしまった。彼らから見れば、第二小隊は自分たちの後方に位置していると判断できたからである。

すぐに第一小隊の小隊長は伝令に、第二小隊も時間になったら現在位置から前進し、攻撃にあたるよう文書を起草し、伝令に託した。

ところが、この伝令は自分たちの位置関係を致命的なまでに誤認してしまった。結局、彼らはジャングルの中で完全に道を見失い、友軍部隊と合流することは最後までなかった。

このような次第で、第二小隊は第一小隊のことなどまるでわからないのに対して、第一小隊は第二小隊が自分たちと行動をともにすると信じていた。

結局、第二小隊は引き返すという選択を取る。だが、その過程で第三小隊と接触した部隊は、ようやくもとの計画した配置につくことができた。

第一小隊については、状況はわからなかったが伝令が派遣されているため、それでよしと判断された。これは結果的に大間違いだったわけだが、夜間のジャングルでの活動の経験が少ないことがこうした判断ミスを生んだ。

タルボット少佐は、伝令も派遣されていることと、第二、第三小隊はおおむね定位置についていることもあって、第一小隊も定位置についていると判断した。それ以外に第四小隊が予備戦力として残っており、問題はないはずだった。

もっとも、懸念はあった。夜襲を考えていたものの、現実には進軍はジャングルのために大幅に遅れていた。

輸送機で運ばれ、前進拠点までの道路も用意されていた。だから、部隊全員がジャングルを甘く見ていた面はあった。

拠点を設営した部隊こそ、ジャングルの過酷さを理解していたが、設営された拠点が完成してから訪れた部隊とは意識の差は避けがたい。

結果的に第一小隊をめぐる混乱もあって、アルファ隊は数百メートルの移動に一晩かかってしまった。つまり、部隊の攻撃は夜明けとなった。

それでもタルボット少佐は、まだ楽観していた。前進が遅れていたのは自分たちだけでなく、ブラボー隊もチャーリー隊も程度の差こそあれ、やはり遅れていたためだ。

自分たちが足を引っ張っていたわけではない。それがタルボット少佐を安堵させた。

彼もジャングルの過酷さをこの一晩で理解できたが、同時にそれは日本軍も同様であり、昨夜の砲撃に対して打撃を受けたままだろうと考えていた。それはある部分で当たっていた。

そうして攻撃開始は八時となることが、アルファ、ブラボー、チャーリーの各隊に知らされた。予定よりも八時間近い遅れだが、足並みを揃えるのにはそれくらい時間がかかるだろう。

攻撃の前には九門の七五ミリ榴弾砲M1A1による斉射が行われる。態勢を立て直しかけた敵の抵抗力を削いでおくためだ。

当初は三隊に分散する予定だったが、方針転換で一つにまとめて、部隊の要請にしたがい集中射撃を行うこととなった。

砲兵陣地には九門の榴弾砲が集められた。砲兵陣地は通常は反撃を予測して、移動を前提に複数の砲座を用意するのが常道だった。

しかし、今回の陣地は一つだ。陣地転換をする場所の準備もできていないのと、そもそも火砲の移動も容易ではない。

なによりも砲撃はジャングルの中から行われるので、どこから砲撃されているかなどわからない。そういう判断である。

しかし、ともかく砲撃の準備はできた。火砲は並び、必要な砲弾も火砲の側に積み上げられている。

「砲撃開始！」

九門の榴弾砲が火を噴いた。

朝になり、アンゴの航空基地からは小型爆弾で爆装した艦攻が四機飛び立った。敵の特殊部隊を発見できたら攻撃するためだ。

敵はすでにドボデュラに侵攻をかけている。事は一刻を争うだろう。

小型爆弾なのは、相手はジャングルの中に潜んでいるため、小型爆弾を分散させることで、より確実に相手に打撃を与えようと考えているからだ。

それぞれの艦攻はソプタとドボデュラ方面に向かっていた。そうした時、二つの基地の間を担当していた艦攻が、ジャングルの中に煙が立ちのぼるのを認めた。

最初、それは敵の宿営地かと思われたが、基地周辺で爆発が起きたことで、砲撃とわかった。二機の艦攻は、すぐそこに向かった。

「野砲陣地だ！」

当然といえば当然だが、砲陣地であるから周辺は開けていなければならない。ジャングルでわからないだろうというのは、あくまでも地面からの視点であって、空からの視点ではない。

むしろジャングルの中に、そこだけ樹木のない砲陣地は上空からはひどく目立った。そして、その陣地から砲撃が始まった。

砲撃による煙は上空からも一目瞭然だった。艦攻はすぐにその野砲陣地に接近すると、爆弾を投下した。

客観的に見れば、火砲に命中した爆弾は一発程度しかない。しかし、直撃しなくとも破片効果はある。しかも艦攻側も小型爆弾を多数投下する戦術であったため、広範囲に影響が出た。

なによりも積み上げていた弾薬に誘爆したことは致命的だった。米軍も通常なら、こんな雑な砲座は作らなかっただろう。

しかし、ここはニューギニアのジャングルという意識が、彼らの判断を狂わせた。というより、ここでそこまでの手配を行うのが難しいという事実がある。

それでも火砲の一部は破壊を免(まぬが)れはした。しかし、砲弾はすべて誘爆しただけでなく、砲兵がほぼ全滅してしまった。

結果的に、歩兵を支援するための事前砲撃は斉射を二回して終わってしまう。それでも砲撃が行われた事実に変わりはない。

「敵の砲座を空襲により破壊したが、敵部隊が策動する可能性がある。ソプタとドボデュラは警戒されたし」

艦攻隊の二機はそう報告すると再度、爆装のために帰還し、残り二機は敵の策動に備えて待機することとなった。そして、敵軍は動き出した。

4

ソプタが砲撃されると同時に、タルボット少佐は自ら信号弾をあげた。アルファ部隊はこの信号弾を見て、攻撃を開始するだろう。

砲陣地からは激しい砲声のような音が聞こえてくる。もっとも、砲声はジャングルに遮(さえぎ)られてか、彼が知るような砲声とは違って聞こえた。しかし、環境が違うのだから当然だろう。

砲陣地からの砲声と比較して、敵のソプタ基地からの爆発音は小さかった。正確には、すぐに聞こえなくなった。

陣地からは爆発音らしいものが聞こえているので、砲撃はなされているのだろう。第一から第三小隊までが突撃を始めるだろう。昨夜の巡洋艦の砲撃といまの野砲陣地の砲撃により、ソプタの日本軍基地は壊滅的な打撃を受けているはずだ。

タルボット少佐は、本部で作戦成功の報告を待っていた。すでに本部と各小隊との間には野戦電話を敷設すべく、通信班を用意していた。

無線機もあるが、小型のものだとジャングルでは電波状態が悪いのと、電話を敷設すれば、いざとなれば電話線をたぐって道を確認できるという判断だ。

だが電話からの報告は、どれも信じがたいものだった。

「日本軍の抵抗にあっています！」

「日本軍により前進を阻(はば)まれています！」

第二小隊も第三小隊も、日本軍の抵抗の激しさを告げてくる。それだけでも理解しがたいのに、とどめは通信班からだった。

「第一小隊が発見できません！」

信じがたい話だが、第二小隊によれば、第一小隊は予定の部署にいるはずだというう。伝令を交わしたので間違いないというのだ。

「何が起きているのだ！」

タルボット少佐にはわからなかった。

それより少し前、アルファ部隊の第二小隊はおおむね作戦通りの位置に進出していた。川は予想外だったが対策はできている。樹木を切り倒して仮設橋を用意するのだ。

準備に時間を要するので、その点が懸念されたが、作戦実行時間そのものが延期され、準備にかける時間ができた。

そして、野砲陣地からの砲撃が始まった。砲撃と同時に部隊は渡河を開始する。組み上げられていた仮設橋が川に展開される。橋の一点は岸に固定され、反対側がロープで制御されながら渡される。川はそれほど幅があるわけではないので、作業は短時間で完了した。

そうして日本軍陣地へ部隊が前進し、渡河を終えた頃、野砲の砲撃が止まった。小隊長も疑問には感じたものの、それは渡河した友軍部隊を巻き込まないためと解釈してしまった。

通常なら疑問に思うところだが、すでに計画が何度か変更されていることと、砲兵陣地の移動に伴う計画の修正があったことも大きい。

計画修正については、ジャングルで深夜ということもあり、連絡も密とは言いがたい。だから、予想外の展開も連絡なしで行われたと判断したのである。

それに深夜に巡洋艦が砲撃を仕掛けているから、野砲の砲撃が短時間に終わっても、大きな問題はないはずだった。

小隊長はもちろん憤りはしたが、それをわざわざタルボット少佐に確認することもしなかった。すでに部隊は動いている。

第二小隊はソプタ基地の正面を担当する手はずだった。砲撃で慌てている日本兵に、彼らは前進し、軽機関銃で応戦する。すべて順調であり、この時点で第二小隊の将兵は、砲撃が短時間で収まったことなど忘れていた。

だが、ここで再び砲撃が始まった。その時も彼らは友軍だと思っていた。ただ部隊が前進しているのに砲撃を仕掛けて来たことに抗議し、すぐに砲撃を止めさせようとした。

「あれは日本軍です！」

誰かが叫んだ。

そして、第二小隊は予想もしていないものを目にした。ハーフトラックに大砲を搭載した自走砲が自分たちを砲撃しているのだ。

それは二重に信じられないことだった。一つは、日本軍が自走砲などを投入してきたこと。もう一つは、日本軍が現れたのは第一小隊が現れるべき場所だったことだ。

つまり、第二小隊は側面が完全に無防備であったということだ。

それでも、日本軍も自走砲は二両しかないらしい。それがわかったので、第二小隊も態勢をなんとか立て直すことに成功したが、状況は予断を許さない。

第一小隊がいるべき場所にいないため、自分たちは側面から日本軍の襲撃を受けて防戦一方だ。つまり、アルファ部隊は日本軍により包囲されつつある。

状況はかなり悪い。最初の計画通りの夜間の奇襲計画だったなら、あるいは抵抗も少なかっただろう。

しかし、巡洋艦の砲撃は思ったほどの戦果をあげておらず、そのなかで攻撃が遅れたことで、日本軍は反撃態勢を整えることに成功したようなのだ。

計画の齟齬はあちこちに損害をもたらしていた。第一小隊が行方不明になったことで、第二小隊が日本軍の攻撃圧力にさらされた。

その第二小隊の目的は滑走路の確保であったから、彼らは遮蔽物のない場所で一方的に銃撃を受けることとなった。

巡洋艦の砲弾があけた穴がいくつかあり、第二小隊の将兵はそこから反撃はできたものの、そこが四方から狙い撃ちされるために動くこともできなかった。

さすがに、そこにとどまれば全滅するのは明らかだ。部隊は滑走路から移動したが、多数の死傷者を出してしまう。

この時点で、第三小隊はまだ比較的日本軍の圧力を受けていなかった。しかし、第二小隊の増援にあたらねばならないため、彼らもまた前進できずにいた。

しかも日本軍は、第三小隊も包囲する様子を示したので、彼らも近くの丸太か何かを使って防衛陣地を作らねばならなかった。とてもではないが、侵攻するどころではない。

この状況を知ったタルボット少佐は迷った。第一小隊がどうなったかも気になったが、ともかく現状は作戦想定の兵力より一個小隊足りないのだ。

「第四小隊を出せ！」

タルボット少佐は第四小隊に出撃を命じた。

ともかく第二小隊と第三小隊を合流させ、日本軍を追い出しながら前進する。それが彼の作戦だった。

第一小隊が向かったルートは使わない。どうもそれが問題の元凶らしいのと、主戦場には遠いからだ。

第四小隊は第三小隊のルートを通って、ソプタの基地を目指した。ジャングルの中の一本道を前進する。道に迷うことが最大の脅威であり、彼らは野戦電話のケーブルを頼りに前進する。

とは言え、それでわかるのは部隊が散り散りにならないということであり、目的地の方向ではない。

第三小隊と第四小隊は、何度か信号弾のやり取りを行わねばならなかった。そうした時、蚊がなくような甲高い音が聞こえてきた。

「こんな時に蚊か？」

しかし、それは蚊ではなかった。ジャングルの中の狭い空の中に突如、日本軍機が現れた。

もっと開けた場所であれば、米軍部隊も日本軍機をもっと早期に発見できたかもしれない。だがジャングルの中では、それは望めなかった。

むしろ米軍のほうが分が悪い。最初は夜に奇襲が行われるという作戦であったため、前進拠点から日本軍基地までの最後の五〇〇メートルほどは、上からどう見られるかなどまったく考えられておらず、米軍も遮二無二、道を開いていた。

巡洋艦の砲撃に合わせて、邪魔な樹木には発破を仕掛けるものさえいたのだ。

明るくなってからは、作戦の遅れを挽回するために上空からの視認性などは、さらに後まわしにされることとなる。結果として飛行機からは、米軍の移動ルートはジャングルの中で不自然な線状の空間に見える。

それは川の可能性もあるが、日本軍搭乗員たちは基地周辺の河川を把握している。水運での物流もあるからだ。だから、すぐにその筋がジャングルを切り開いた道であることはわかった。

ご丁寧に米軍部隊は信号弾まで打ち上げてくれたから間違いない。その筋に沿って戦闘機隊が機銃掃射をかけるのは当然だった。

増援に向かっていた第四小隊は、この戦闘機隊の襲撃により甚大な被害を受けた。確かにジャングルの中に隠れればやり過ごすこともできたが、機銃弾はそんな通路脇のジャングルの中にも飛んできた。しかも小型の爆弾も投下され、それによる死傷者も無視できなかった。

そもそもジャングルの中に簡単に逃げ込めるなら、道路建設に苦労などしないのだ。

第四小隊の小隊長は、ここで撤退を決意する。タルボット少佐の命令を仰ぐ手段もなく、現状では戦えない。

一方、タルボット少佐も状況が異常であることは、ようやくわかりかけていた。

第一小隊はどうやらジャングルの中を迷っているらしい。本来なら前進するはずの三つの小隊は二つしか前進せず、しかも深夜の奇襲のはずが昼間の強襲となってしまった。

第四小隊とは連絡がつかなかったが、第三小隊も第二小隊も友軍の到着を告げていないのだから、何かあったのだ。

彼が賢明であったのは、日本軍基地から兵を引くと決断したことだった。ともかく、状況が想定していたものと違う。

ただ撤退を決めることと、それを実行することは違う。まず、各小隊は友軍部隊を支援できる状況にはなかった。各小隊が自分の判断で動かなければならなかった。

各小隊は手持ちの銃火器でジャングルへと後退していく。日本軍にとって、ここは敵軍を一掃するチャンスであったが、日本軍もここで追撃をかけるだけの兵力に欠けていた。

敵軍がジャングルに戻った時点で戦闘は終わった。

5

連合国軍にとって、ブナ地区の侵攻作戦は大失敗に終わった。ソプタで失敗しただけでなく、ドボデュラでも同様であったためだ。

じつはアルファ、ブラボー、チャーリーの三部隊はとなりの部隊がどうなっているのかを把握できていなかった。

そして、アルファ部隊が侵攻に手間取っているのとは対照的に、ドボデュラに向かっていたチャーリー部隊は奇跡的に順調に部隊を進めていたことが一つの悲劇を生んだ。

本来なら、ブラボー部隊と呼応してドボデュラを攻撃するはずの部隊なのに、ブラボー部隊の前進が遅れていたため、チャーリー部隊だけが前進することになったのだ。

しかもブラボー部隊も途中までは順調に前進していたため、作戦の変更はなされなかった。

作戦そのものも主力であるチャーリー部隊がドボデュラを攻撃し、日本軍がそちらにまわったタイミングで、日本軍を背後からブラボー部隊が撃つというもので、遅れは調整がきくものと考えられていたのだ。

とは言え、チャーリー部隊も最終的には数時間の遅れが生じていた。ただそれ以外は支障もないため、そのまま作戦は続行された。

チャーリー部隊はそこで日本軍と戦闘になったが、驚いたことに、敵は想像以上に態勢を整えていた。

チャーリー部隊もアルファ部隊と同様に、まず野砲による事前砲撃を試みた。こちらは夜間であり、航空機の攻撃もなく所定の砲撃を完了した。

しかし夜間の砲撃のためか、確かに基地内には弾着したが、ほとんど損傷を与えることはなかった。すでに巡洋艦の砲撃でダメージを被っていた領域に再度の砲撃であるためだ。

チャーリー部隊が基地に侵攻した時、彼らは日本軍が自走砲のようなもので反撃してくることなどまったく予想していなかった。

野砲ですべて始末がついたと思っていただけに、心理的なショックも少なくない。

そしてチャーリー部隊は、日本軍に米軍の侵攻を知らせるような形になったことに気がつかなかった。アルファもブラボーも、作戦位置についていると確信していたからだ。

じっさいチャーリー部隊は、司令部より「ブラボー部隊は敵軍と交戦中」という報告を野戦電話から受けていた。

だから彼らは、日本軍の装備こそ予想外であったが、作戦はおおむね順調に進んでいると楽観していた。

だが、じつはこの時、とんでもない悲劇が起きていた。

道に迷ったアルファ部隊の第一小隊は、迷ったという状況でますます深みにはまり、迷走の果てにブラボー部隊の一部と接触し、それを日本軍と誤認して一方的に攻撃を仕掛けてしまった。

ブラボー部隊も当然反撃するわけだが、彼らはアルファ部隊の第一小隊を日本軍と誤認し、日本軍と交戦中と報告した。

司令部から知らされたチャーリー部隊は、これを信じてしまった。想定される状況に合致するからだ。

こうしてチャーリー部隊は、存在しない友軍が計画通りに戦っていると信じて作戦を遂行した。

だが、火力に劣る彼らは容易に前進できなかった。日本陸軍の大隊砲もそれほど強力な火力を有する兵器ではないとはいえ、陣地戦では効果的な兵器だった。そもそも、それを目的に開発されたのだから。

ここでも米軍部隊は、滑走路の周辺で十字砲火を浴びるという状況に遭遇してしまう。

それでも全滅を免れたのは夜間であったためで、チャーリー部隊は塹壕（ざんごう）を掘ってなんとか日本軍の攻撃をしのいだ。

じっさいのところ、日本軍の戦力は乏（とぼ）しかったが、アンゴの吉成司令官の適切な判断により、補給と火砲の支援を確保し、戦線はかろうじて維持することができたのである。

結果的に作戦は失敗に終わったが、連合国軍司令部にそれを決意させたのは、なぜか日本軍の航空兵力が生きていたことと、ブラボー部隊がアルファ部隊と同士討ちをしてしまったためだ。

この二点、特に同士討ちにより一個小隊がほぼ壊滅したという事実は重かった。それは作戦のやり方を根本的に変えることを促した。

ただ日本軍も、余勢をかって連合国軍を一掃することはできないでいた。

まず、空輸で維持される補給拠点の存在を日本陸海軍は知らなかった。そもそも彼らの意識の中に、空輸だけで戦線を維持するという発想はなかった。

この点では、海軍の空軍化を唱えていた井上中将も同様だった。

もっとも、彼の立脚点は日本本土の防衛であり、航空基地は日本国内の都市なりなんなりの支援を受ける環境にあり、空輸で戦線を維持するという状況はそもそもないのだ。

現地の日本海軍司令部は、この連合国軍の奇襲について、どこから来たのか測りかねていた。

一番考えられるのは山を越えての進軍であるが、日本軍将校ともなれば、そんな作戦が無理だろうことはわかる。

少なく見積もっても連隊規模の将兵が、ポートモレスビーから山脈を越えて現れるというのか？

考えられるのは、どこかの海岸から揚陸し、道を開いたというものだ。巡洋艦の事前砲撃が、この仮説に信憑性を与えていた。

それはいままでの想定の中ではもっとも真相に近いが、それも近いだけだ。偵察機が海岸線を丹念に偵察するが、それらしい場所はわからない。

結局のところ、日本軍は連合国がどこから現れたのか突き止めることはできなかった。

ただ敵も味方も、この戦闘がこれでは終わらないことはわかっていた。

第4章　錯誤の時

1

ブナ地区奪還のための一大攻勢は、日本軍の反撃によって頓挫してしまった。それまで入念な準備をしてきたにもかかわらず、この失敗はゴームリー中将やマッカーサー司令部を驚かせた。

なぜこんなことになったのか、入念な調査が行われたが、陸軍側と海軍側では解釈が異なっていた。陸軍側は、海軍の艦砲射撃の不徹底さを問題にした。

一方の海軍は、陸軍の失敗は陸軍に責任があると主張した。ただ、じっさいの戦闘についてマッカーサー側から情報が提供されないため、海軍側もそれ以上のことは主張できかねた。

驚くべきは、限られた時間であるから仕方がないとはいえ、彼らはアンゴの航空基地の存在を完全に見落としていたことだった。

一つにはアンゴ基地もまた完成したばかりで戦力が限られており、日本軍内でも航空基地としての知名度はまだ高くなかったためだ。

周辺でのアンゴの認識は航空基地というよりも、まだ物資集積所的な認識が強い。じっさい今回の襲撃でも、ソプタやドボデュラでの反撃態勢構築の時、現場将兵はそうした認識であった。

だから、連合国軍も物資集積所くらいはあるだろうとは考えても、そこが航空基地という認識はなかった。

ただ海軍との折衝では、艦砲射撃を問題視していた陸軍であったが、部内ではもっと現実的な分析が行われていた。

彼らが重視したのは部隊間の連絡の悪さであり、特にジャングルで道に迷っての同士討ちの問題は深刻だった。

まず、ハンディタイプの無線機がジャングルでも使用できるように周波数帯などが改善され、ジャングル内での実用性を高めるとともに、部隊相互の通信を密にするための野戦電話も充実された。

また、前進拠点側の通信設備を強化することも行われた。受信アンテナを拡張し、前線の無線電波を確実に拾うことで状況を把握し、野戦電話などで該当部隊に通信連絡の補助をするような態勢も作られた。

総じて連合国軍は通信面の増強を心がけていた。それが最大の敗因という認識からだ。となりで何が起きているのかさえわからない状況では、勝利がおぼつかないのも確かだろう。

一方で、日本軍が自走砲を投入してきたという報告もまた重視された。その自走砲の正体はよくわからない。話を総合すると、ハーフトラックのようなものに野砲を載せたようなものらしい。

いずれにせよ、日本軍の野砲に苦戦したのは確かであり、攻撃部隊の火力の強化が一つの課題となった。

そこで、抜本的な強化策が取られることになった。そしていま、それが拠点に届こうとしていた。

「こいつか……」

バークベースの指揮官であるニコルソン大佐は、グライダーから引き出された機材に目を細める。

「オーストラリア軍のものか?」

「独自設計だそうですが、我軍のものも参考にしているそうです」

輸送担当の士官が答える。

「なるほど、どこかで見たようなデザインだな」

しかし、ニコルソン大佐はデザインなど気にしない。ともかくこいつが設計通りに動いてくれれば、それでいい。ニコルソン大佐はそう思った。

ブナ地区攻略のために連合国軍が内陸に建設した輸送機用の滑走路を持つ拠点は、最初は作戦が短期に終わるという前提で、単に拠点と呼ばれていたが、作戦が長期化するという予測とともに、バークベースと命名された。バークとは、先の戦闘で勇敢に戦った軍曹の名前である。

これに伴いバークベースも組織改編が行われ、基地司令官として補給や作戦全般を掌握するため、ニコルソン大佐が赴任してきた。

ニコルソン大佐も次の作戦については色々と考えていたが、火力こそが鍵を握ると考えていた。

次もまた海軍艦艇の砲撃があるかどうかわからないが、ニコルソン大佐は二階から目薬をさすような砲撃には、あまり精度的に期待できないと考えていた。

敵の滑走路を破壊して、その活動を阻止する効果はあったが、それでも数は少ないとはいえ、日本軍は昼間には航空機を飛ばしてきた。

だから砲撃は結局、陸軍が行わねばならない。むしろ海軍の砲撃は、こちらが攻撃することを事前に知らせる結果にしかならないのだ。

海軍の攻撃を中止させるのが良いか悪いかの判断は、ニコルソン大佐にはない。それは上位機関が決定することだが、意見を問われた時、彼は不要と言った。実際問題として、前回の作戦ではまるで効果がなかったのだから。

とは言え、海軍はなんらかの形で参加するらしい。陸軍だけの手柄にしたくないのか？

いずれにせよ、ニコルソン大佐には関心のないことだ。彼の意見で変わる話でもないからだ。

それより彼は火力の充実を優先した。具体的には七五ミリ砲のＭ１Ａ１の戦力を倍増し、砲座を分散することにしたのである。

彼の傘下には連隊規模の部隊がある。それぞれが中隊単位で動くわけだが、これらの中隊には専門のＦＤＣ（射撃指揮所）とＦＯ（前進観測班）を付属させた。前回は、この部分が非常に弱かったのを補強したのだ。

中隊単位のＦＤＣはニコルソン大佐の司令部ＦＤＣに統合される。これにより中隊単位の目標も砲撃できるだけでなく、必要に応じて連隊所属のすべての火砲を一つの目標に向けることも可能となった。

ただ彼は、火砲はＭ１Ａ１で統一した。より強力な一〇五ミリ砲であるＭ１Ａ２も考えられたが、ジャングルの戦闘ではＭ１Ａ１の最大射程七五〇〇メートルでも十分と考えた。

それよりも、ジャングル内での移動のしやすさこそが重要だった。彼はそのために小型のトラクターも手配していた。履帯式で航空輸送が可能なものだ。必要なら火砲はこれで移動する。

ただしジャングル内なので、砲座にはトラクター一両の割合になった。火砲の数と同数が望ましいが、ジャングルの中ではかえって運用が難しいと判断されたからだ。数が多ければ、それだけ故障の確率も高くなる。

ニコルソン大佐が小型無線機の充実に傾注したのも、ＦＤＣとＦＯの充実を成功させるために不可欠な要素であるためだった。

そして、彼はもう一つ火力増強に着手した。それは戦車の投入だった。この戦車の投入にはいくつかの偶然が働いていた。

日本軍を圧倒するのに戦車戦力が必要なことは、ニコルソン大佐は最初からわかっていた。問題は、どのようにして戦車を投入するかであった。

海岸から部隊が上陸する時、戦車を揚陸するという案がもっとも常識的であったが、そもそも日本軍の背後をつくために部隊を集結させているのであり、その部隊こそ戦車が必要である。したがって、海岸からの揚陸は回答にならなかった。

そうなると、どうしても陸路か空路での輸送となる。

陸路となると道路建設が不可欠だ。短距離なら履帯にものを言わせて悪路を走破できるが、長距離移動となれば、デリケートな戦車という機械だからこそ整った道路が必要だ。

整備場も距離相応に建設しなければならない。ヨーロッパならまだしも、ニューギニアでそれは現実的ではない。

そんなことが可能であったら、連合国軍は最初から陸路で日本軍に攻撃を仕掛けているわけで、苦労して航空輸送拠点バークベースを建設したのもそのためではなかったか。

となると、戦車を空輸するという話になる。

最初、ニコルソン大佐には二つの輸送案があった。

一つは、豆戦車いわゆるタンケットを輸送するという案。これなら輸送機でも運べるし、小型軽量なのでジャングルの中でも扱いは手頃である。

ただし運びやすいから火力も弱いし、装甲もほとんど期待できない。ないよりはましであるが、戦車投入というインパクトには欠ける。

なによりも、豆戦車では日本軍陣地を撃破するという点で火力不足は否めない。それでも一〇〇、二〇〇という数で圧倒するなら話は別だが、現実的に投入できるのは、せいぜい一〇か二〇というところだろう。それだけに火力と装甲は、そここそ必要だ。

そこで第二案は、Ｍ３軽戦車を可能な限り分解し、輸送機やグライダーで運ぶという案だ。だが、これも難しい。Ｍ３軽戦車は輸送機で分解して運ぶようには設計されていない。

最大の問題はシャーシであり、これは重量も大きさも輸送機では運べない。一時はシャーシを切断し、バークベースで溶接し直すという意見さえあった。

そんな時にオーストラリア軍から提案されたのが、空挺部隊用戦車の存在であった。

話は若干さかのぼる。日米関係の悪化から戦争の可能性が論じられていた時、ある意味で日米以上に深刻にこの問題を受け止めていたのがオーストラリアだった。日本海軍はそんなことは考えていなかったが、オーストラリアは日米開戦となれば、日本が自分たちを侵略する可能性を真剣に考えていた。日本にとって、オーストラリアがアメリカの兵站（へいたん）基地になるのを阻止するだろうという解釈だ。

じっさいポートモレスビーをめぐる状況は、彼にとっては自分たちの予想が当たっていたことを示している。

こうした前提で、オーストラリアは艦隊戦を行うのは無理であるとその線は捨てて、本土決戦を想定したシナリオをいくつか用意していた。

シドニーやブリスベーンという港湾都市への侵攻と占領という前提（島国がオーストラリア大陸を占領するとはさすがに誰も考えなかった）で、自分たちの防衛を考える。

海上封鎖でアメリカからの支援は期待できないとなれば、地上戦なら戦車がいる。そこで国産戦車が必要となった。

オーストラリアは、重戦車思考（オーストラリア軍にはそう見えた）の米軍戦車よりも、当初は宗主国であるイギリスの巡航戦車の整備を考えた。

ただ北アフリカ戦線などの様子を見ると、砂漠の多いオーストラリアではイギリスのクルセーダー戦車をコピーするのは現実的ではない。機械的信頼性ではアメリカ製戦車が勝っている。

そこで、巡航戦車的なものをアメリカ製のエンジンなどを用いて作る折衷型が設計として固まった。

すでに電撃戦は知られていたが、オーストラリア軍は防衛戦のための戦車ということで、歩兵用の快速戦車と火力支援戦車の二本立てで、両者は可能な限り部品を共通化するという方針が立てられた。

歩兵用戦車は紆余曲折があって偵察用戦車となり、アメリカの三七ミリ砲搭載で、イギリスのグライダー輸送戦車の影響を受けてグライダーで運べることが求められた。

なので形状は、クルセーダー巡航戦車を転輪は片側三個で履帯幅は広くし、三七ミリ砲と同軸機銃のみの武装に落ち着いた。

ニコルソン大佐のもとに提供されたのは、この偵察用戦車である。専用グライダーで全部で一〇両が運ばれた。

戦車としては強力とは言いがたいが、豆戦車まで考えていた身にしては十分な威力だ。

ちなみに巡航戦車は車体を延長し、転輪は五つになり、砲塔は大型になって米軍のM3中戦車の短砲身七五ミリ砲が主砲となっていた。火力支援戦車であるためだ。

三七ミリ砲戦車など今日の標準では弱い戦車となるだろうが、ジャングルでの作戦であれば十分に強力だ。それに日本軍の自走砲にしても制式兵器などではなく、どうもトラックに大砲を載せただけの代物（しろもの）であったらしい。それならば、この戦車で簡単に撃破できよう。

幸いにも日本軍も前進拠点までの道は発見できていないようで、パトロール隊との接触と交戦こそあるものの、発見には至っていない。

ただ、日本軍の偵察部隊が活動しているということは、敵も再攻撃を予想しているのだろう。

「急がねばならん」

2

ニューギニアのブナ地区が襲撃されたことは、井上成美連合航空艦隊司令長官にもすぐに報告された。井上は山本連合艦隊司令長官や軍令部総長や海相に話をつけると、陸軍中央にも支援を要請した。

現地の陸軍第一七軍ではなく、中央に働きかけたところに井上の危機感が感じられた。

陸軍中央はニューギニアへの派兵を渋っていた。大陸からこれ以上の兵力を移動させたくないし、部隊を移動する手間もかかる。

それに対して海軍は、陸軍部隊の輸送を請け負うことを約束する。これにより陸軍側も旅団単位の派遣を認めた。第五一師団からの歩兵連隊などを基幹とするこの部隊は、南海支隊と命名された。

陸軍がこの部隊を選んだのは、新機材の試験という意味もあった。

海軍の電撃設営隊が必要に迫られて作り上げた小型半装軌車は、すぐに陸軍にも伝えられ、陸軍では大阪造兵廠（しょう）で、より実践的な車体に作り変えられて試作車も完成していた。

短期間に開発されたのは、既存部品の転用で開発するというコンセプトと、南海支隊の移動に合わせるというスケジュール的な制約があった。

なので大阪造兵廠で量産された初期ロットは、極論すれば鉄の箱に履帯と車輪を付けただけというものである。ただ小型エンジン二基ではなく、中型エンジン一基になり、馬力の向上が図られた。

もともとの原型となった軽車両は三輪自動貨車をベースにしていたが、これはオートバイのエンジンであった。二気筒の二〇馬力エンジンを二つ使って四〇馬力である。

それを自動車用の六気筒六〇馬力エンジンにして、機構の簡略化を図った。この改造で三輪自動貨車とのエンジンの互換性はなくなったが、このエンジンは独立懸架四輪駆動トラックと同じものだった。

こうした改良を加えられた小型半装軌車は、陸軍にとっても興味深いものだった。彼らの想定している対ソ戦の支援車両として半装軌車が優れていることは、長年の研究からわかっていたが、自動車産業の揺籃期にそうしたものを国産化するのは日本にとってもハードルが高かった。

理由の一つは、ちゃんとした軍用トラックベースの半装軌車を考えていたからで、オートバイ改造の三輪自動貨車側からのアプローチは想定外だったのだ。

確かに独立懸架四輪駆動トラックをベースにすれば、より高性能であっただろうが、それを開発するのにはやはり時間がかかる。そして、小型半装軌車はいま必要なのだ。

だから高性能なものは将来の課題として、そこそこの性能が出るなら、いまはそれを用いる。そうした合理主義を大阪造兵廠は選択したのである。

そのため幅を広くするなど機械的な改善は図られたが、駆動方式はやはりチェーン式であった。

こうして二〇両ばかりの小型半装軌車と独立懸架四輪駆動トラックで装備した南海支隊が派遣されるのだ。

これには日本陸軍のある経験がある。マレー戦で捜索連隊により編成された佐伯支隊は、コンパクトな機械化部隊として機動力を発揮し、多くの戦果をあげた。

こうしたことから日本陸軍は、巨大戦車軍団の運用よりも旅団単位の機械化部隊こそ、自分たちの戦術思想には合致するのではないかと考えられるようになっていた。

じっさい中国の戦線でも、大陸だからどこでも戦車が移動できるというわけではなく、鉄道や幹線道路が機動力の要（かなめ）となった。

ノモンハン事件のような例もあったが、機甲師団にはやはり大きな問題があった。

それは大規模な戦車部隊を集結させるにも、やはり道路や鉄道の制約を受けるということだ。部隊規模が大きければ大きいほど、集結の問題が起こる。

そもそも師団規模の機械化部隊がぶつかり合うようなことは、一度か二度という頻度だろう。国運をかけるような戦いの場面だ。

しかし、そこに至るまでの小さな戦闘や作戦は無数にあるだろう。その局面に機械化旅団を投入できるなら、勝利は確実だ。

南海支隊はそうした構想の中で編成された。ニューギニアやラバウルなどの人跡未踏の地で機械化部隊が、どこまで戦えるか。そうしたことの研究が中心だ。

さらに陸軍の思惑としては、機械化部隊で省力化を図るなら、大陸から南方に移動させる兵を最小限度にできるという考えもあった。

こうして南海支隊の参戦が決まったのである。

一方で、井上はかねてから研究させていた機材の実戦投入も決めていた。

「こちら黒、感度良好」

井上らが見守るなかで、オートバイの運転手はレシーバーを耳にあてながら、喉につけたマイクで返信する。

「性能は出ているか？」

「富士山で実験したところ、樹海の中では無線電話で三キロから五キロ、無線電信なら五キロから一〇キロは届くことが確認されました」

空技廠の技術者の言葉に、井上は満足そうにうなずく。それは連合航空艦隊が開発した航空機用無線機の一種だが、井上自身はそれが方便であることを理解していた。

それはオートバイに搭載できる小型無線機だ。側車、つまりサイドカーに無線機を載せた例はあるが、井上の目指すところはそれとは違う。

歩兵部隊が簡便に扱える無線機。小隊以下の部隊で分隊相互が連絡し合う程度の無線機である。

航空無線なら五キロしか届かないのでは話にならないが、分隊間で五キロも離れることはまずない。

こんな無線機の開発を命じたのは電撃設営隊のためだ。山田隊長などが設営隊の軍人化を進めていたが、このことで設営隊員も有事には銃を持って戦わねばならないことになった。

そうなると少人数で効率的に戦う必要がある。だからこそ、小型無線機での相互連絡が重要となるわけだ。

非常に小型なので手で持って運べるし、専属の無線員もいらない（そのかわり電信を使う場合は、モールス信号ができる人間が一人必要だ)。

それをオートバイに載せているのは、設営隊の自動車化を進めている関係で、軍人設営隊がいざ戦わねばならない時に、無線機と自動車で敵に対峙するという意味がある。

このあたりは陸軍の自動車化構想と重なる部分もあるが、それも道理。オートバイクラブで陸軍自動車学校の人間との交友も深まれば、こうした知識は自然に入る。じっさいこの無線機は、陸軍自動車学校との共同研究であった。どんな車両にも無線連絡ができるメリットは、いまさら言うまでもない。対ソ戦を視野に入れている日本陸軍だからこそ、寡兵で大軍にあたれる技術には関心が高いのだ。

「ニューギニアにはいくつ送れる?」

「とりあえず五〇基は送れます」

「五〇か……多いとは言えないが、ゼロよりましだな」

3

橘(たちばな)中隊長は本隊に先駆け、軽装甲車中隊として一二両の九七式軽装甲車と一二両の小型半装軌車を受領していた。そのほかにオートバイが一二両あった。

軽装甲車中隊は、さかのぼれば九四式軽装甲車が誕生した時期に生まれた。本来は最前線に弾薬などを補給するための車両だった。だから、じつは豆戦車でさえない。

しかし、歩兵部隊にとっては使いやすい装甲車であり、じっさいそういう使われ方をしてきた。

そして歩兵師団の中には研修を行い、九四式軽装甲車による装甲車中隊を持つものも出てきた。そのため日本陸軍が生産した装甲車両で三番目の生産数を誇るのが、この九四式軽装甲車であった。

さすがに今日ともなると、九四式軽装甲車では戦場で通用しなくなりつつあったが、改良型の九七式軽装甲車は三七ミリ砲装備で、用途さえ間違えなければ、まだまだ活躍の場面はあった。

さらに、九七式軽装甲車にはいくつか派生形がある。これは台数がそこそこ多いのと、構造が戦車ほど複雑ではないことなどによる。

そうしたなかの一つに、橘中隊長の部隊に配備された履帯幅の広い不整地用軽装甲車があった。

もっとも、それほど大げさな改造ではなく、エンジンの馬力を向上させ、履帯を九七式中戦車と同じものを使えるようにしたのだ。軽装甲車は軽い分だけ、接地圧は中戦車よりも軽くできる。

このあたりはマレー戦やフィリピン攻略での戦訓の反映である。ただこの程度の改良にとどまっているのは、豆戦車の性能を無理に向上させるくらいなら、軽戦車を使うという判断からだ。

このことでわかるように、南海支隊の機械化は歩兵部隊の機械化という点では進んでいたが、機械化部隊の標準から見れば非力であった。

それでも陸軍が南海支隊の機械化に熱心なのは、日本陸軍の大多数を占める歩兵師団ではかつてより自動車化が進んでいるとはいえ、陸軍が求める水準には及ばないという現実がある。

だから、今日的水準では二線級の軽装甲車でも、馬匹(ばひつ)中心の歩兵部隊にとっては、機械化という点では大きな前進ということだ。そうした歩兵部隊の価値は、まだまだ大きい。

確かに、敵の機械化部隊とぶつかれば撃破されよう。ただし、敵から見ればそれが九七式軽装甲車であったとしても、装甲戦闘車両が現れたなら、相応の火力の部隊を投入することを強いられる。

軽装甲車部隊のために、戦車部隊なり対戦車砲部隊なりを動かさねばならないとすれば、それだけ敵に負担を強いることになる。戦域全体で見るなら軽装甲車部隊の存在は、味方の戦車部隊や機甲師団への敵の圧力を軽減することになるのだ。

南海支隊に関して言えば、今回の戦場は重要であった。小型の履帯車両を多数揃えているから、ジャングル内の活動はかなり有利に行える。この点は大型車より有利だろう。それが橘の考えだ。

ジャングルという環境を考えれば、大火力の戦車や対戦車砲が投入される可能性は低い。戦車戦が万に一つも起きたとしても至近距離での戦闘になるはずで、三七ミリ砲でも面白い戦いができるだろう。

だから橘中隊長は、自分たちの火力や装備を悲観してなどいなかった。ジャングルという戦場での機械化部隊としては理想的な編成であるとさえ、彼は考えていたのである。

南海支隊の軽装甲車中隊は本隊に先駆け、高速艇二隻によりブナ地区に無事、上陸した。

敵巡洋艦の砲撃をもっとも受けたブナの基地周辺は、驚いたことに以前よりも基地機能が拡充されていた。

「電探基地を真っ先に再建しました。移動用の小型基地が最初で、それから海と空を監視する大型基地です。いまはそれらが正副二局として稼働してますよ」

第一七軍から派遣された下士官が、そう言いながら橘中隊長を案内する。

案内する自動車は独立懸架四輪駆動トラックだが、あちこちが装甲化され、屋根の部分だけ幌がかぶせてある。

トラックというより簡易装甲車で、よく見れば運転室の上には軽機関銃の防楯がある。

「さっきから思っているが装甲車だな、これは」

「まぁ、そうですね。しかし実戦向きです」

武器を現地軍が勝手に改造するのは原則論では禁じられているが、橘もそんなことを問題にしようとは思わない。最前線で現地の工夫で装甲板を追加するくらいのことを禁じても意味はないのだ。

「一応、軍令部の許可は得てますよ。トラックで装甲板を運ぶ許可です。まだ降ろしていないだけで」

「装甲板を運ぶ許可か。それは傑作だ」

よく聞けば、このトラックは野戦指揮車であるという。無線機を搭載して戦場を移動する。密林の戦闘でも使えるが、主たる用途は基地の抗堪性にあるらしい。前のように軍艦に砲撃され、基地の無線施設が破壊されたような場合に備え、指揮車で最低限度の通信能力を確保するとともに、部隊の反撃の指揮を行うわけである。

「どうやら敵は、かえって我々の能力を高めてくれたのかもしれんな」

それは橘の本心だった。

ブナ地区が拡張されているのは、陸軍部隊の駐屯施設と海軍部隊の駐屯施設が隣接しているためだ。当然だが、両者の基地は別の施設になっている。

基地そのものは有刺鉄線で囲まれていたが、陸軍基地と海軍基地は幹線道路を挟んで右と左に位置している。

補給を海上輸送に依存しているので幹線道路は港に通じており、物資は第四艦隊と第一七軍と契約している業者が管理する倉庫へと運ばれる。

埠頭にも倉庫はあるが、主たる倉庫は海岸より奥にある。非効率だが砲撃されたことがあるからには、安全が優先される。

業者が一括管理なのは、海軍になくて陸軍にある物資や陸軍になくて海軍にある物資を相互に融通しようとすると、陸海軍間の手続きが煩雑だからである。

そうでなくて、一度業者が一括管理して陸海軍に供給すれば、通常の購買手続きですむから楽なのだ。ちなみに業者は元陸海軍の経理主計担当の軍人たちで、業務手続きに不安はなかった。

しかし、やはり基地を印象づけるのは波形鋼板で建設されたかまぼこ宿舎の列である。陸軍基地にも海軍基地にも、それらが並んでいる。

かまぼこ宿舎には基本の大きさがあるのだが、複数の建物を連ねて長い宿舎にしているものもいくつかあった。

かまぼこ宿舎にも大小の二種類があるようだった。連絡役の下士官によれば、標準型はそれ自体が部屋になっているが、大型は中央に廊下があり、廊下の両脇がそれぞれの作業部屋になるという。

さすがに鋼板を組み立てたとはいえ、防弾能力はないがニューギニアという土地ならばこそ、雨風をしのげることが重要となる。

滑走路もすでに再建されていた。砲撃によっても建設重機の大半は無事であったとかで、復旧は迅速だった。とは言え、攻撃の翌日には飛行機を飛ばせるという状況ではなく、まず瓦礫(がれき)の撤去が先だったらしい。

その時点で滑走路が使えたら、敵巡洋艦部隊を撃破することも可能であったのだが、さすがにそれはできなかった。

ただ、あの奇襲攻撃の戦訓は活かされているようで、陸軍部隊の進出に伴い滑走路は増やされていた。聞けば、フェンスを開けば航空機の誘導路はつながっており、陸海軍で飛行機の移動が可能だという。

だから、どちらかの滑走路が使用不能でも、使える滑走路で陸海軍両方の航空隊が反撃できるわけだ。

「貴官らには、まずソプタに行ってもらう」

陸軍側の司令官代行は橘中隊長にそう命じた。

司令官代行というのは、本隊がまだ到着しておらず、迎える準備のために第一七軍より派遣された部隊の指揮官であるためだ。

だから、それまではこの基地から飛行機は飛び立てない。本隊が来ないと飛行機も来ないわけだ。

「ソプタで何を？」

橘中隊長は司令官代行に確認する。事前の命令は敵の侵攻に備えるというだけで、具体的な話は現地でと言われていたからだ。

「簡単に言えば威力偵察だ。敵軍の拠点を突き止め、可能であればそれを破壊、占領する」

司令官代行は簡単に言ってくれるが、橘にとって話はそれほど単純ではない。

確かに自分たちは捜索任務を行う装甲車隊ではあるが、敵には拠点があるはずだから、その拠点を調べよというのは命令にしても雑すぎる。

橘は婉曲にそのことを司令官代行に告げると、彼もそれは理解してくれた。

「申し訳ないところではあるが、正直、情報は多くない。ただ先日の敵襲は、ソプタとドボデュラに対して三つの部隊が包囲殲滅（せんめつ）を意図して侵攻してきた。兵力はそれぞれが中隊規模なので、全体では大隊規模だろう」

「ソプタとドボデュラを大隊規模の部隊で攻撃してきたのですか」

橘中隊長には、それは意外な事実であった。それは戦力として少な過ぎないか。

「兵力が過小だからこそ、巡洋艦による事前砲撃がなされたわけだ。どうも敵軍の動きから分析するに、本来は夜襲を企図していたらしい。

しかし、夜間のジャングル内の移動に不慣れであったため攻撃は昼になり、攻撃を受けた海軍側も反撃態勢をとることができた。

奇襲のはずが強襲となり、さらにアンゴの航空基地は無傷だったため連合国軍は撤退したわけだ」

「いきあたりばったりで攻撃を仕掛けてきたわけですか」

司令官代行は首を振る。

「ではないだろう。兵力は一個大隊と少なかったが、彼らは痩せた廃兵ではなく、血色もよく健康体だった。十分な糧食と医療支援が行われていた証拠だ。

問題は、彼らはどこからやってきたか？　山脈越えをした部隊が、あれほど健康で士気が高いとも思えん。平坦な土地を歩いて行軍するのとはわけが違う。ジャングルの中で山脈を走破するなど、まず無理だ。

これがブナに上陸してきたというのなら、まだ話もわかるが、彼らは内陸に突然現れた。なぜか？」

「なぜです？」

橘にはわからない。

「じつは、攻撃の一ヶ月ほど前から特殊部隊が活動していた。航空機で補給を受けた、おそらくは中隊規模の部隊だ。それらは一掃されはしたそうだが、いま考えるとあれは陽動部隊だったのかもしれぬ」

「それはつまり、敵部隊は空輸されたということですか？」

彼の話を素直に解釈すれば、敵軍は空輸されたという結論にしかならない。

橘は輜重の専門家ではないが、何かの会議で日本兵が一日に必要とする補給量は弾薬で一キロ、糧食で二キロと聞いたことがある。小隊を四〇人とすれば一二〇キロ、中隊なら五〇〇キロ、大隊なら二トン程度か。

米兵は日本兵より贅沢だろうから一〇キロ必要とすれば、大隊規模で七トン弱は必要だ。一〇日なら七〇トン、一ヶ月なら二一〇トンが最低線だ。

敵軍が数ヶ月前から侵攻作戦を準備していたとすると、準備の準備にも物資は必要だ。物資の総量は一〇〇〇トン、二〇〇〇トンという水準にならないとも限らない。

それをすべて輸送機による空輸でまかなうことを考えたら、侵攻部隊は最小限度に抑える必要がある。敵軍はなぜ大隊規模かと思っていたが、兵站面のことを考えたなら、そうせざるを得なかったのだろう。

「敵軍とて拠点から何キロもジャングルの中を、しかも夜間に移動することなど考えまい。それほど無謀ではないだろう。

とは言え、日本軍の基地まで道路を啓開するわけにもいかない。だから基地の手前までは少なくとも部隊が移動できるだけの道路は作っていたはずだ。その道路を発見さえすれば、敵の根拠地までは芋づる式にわかるはずだ」

「だから我々ですか」

敵軍が大隊規模であれば、装甲車隊の戦力でも十分戦えるだろう。うまくすれば占領というのもあり得ることだ。

「わかりました。やってみましょう」


橘中隊長はすぐに動いたが、いきなり部隊をジャングルに投げ込むような無謀なことはしなかった。

まず、彼自身はアンゴの海軍基地に赴き、挨拶とともに航空偵察の状況を確認した。敵軍が侵攻してきた以上、航空隊が索敵を行っていないはずがないからだ。

じじつ吉成海軍大佐も仕事はしていた。

「じつは敵は航空基地を建設したらしい。ただし小規模なものだ」

かまぼこ兵舎の司令官室に案内された橘は、机の上に広げられた地図を見る。

「航空基地……今度は空襲ですか？」

「いや、そうじゃない。空襲をしようとすれば、ポートモレスビーからも可能だ。この基地に配備されたのは戦闘機が若干だ。こちらに空襲を仕掛けられるほど大規模ではない。それなら、とうの昔に発見されている。

おそらく輸送機の発着用滑走路があるのだ。そこの位置を知られないための戦闘機だ。空戦で偵察機は追い返されるし、戦闘機を護衛につけても空戦にはなるが肝心の偵察はできない。場所はだいたい絞り込まれているがな」

そう言うと、吉成は地図の上に赤鉛筆で大きな丸を描く。

「この領域のどこかに飛行場がある」

「意外に近いですね」

吉成は、お前もそう思うかという笑顔を向ける。

「空から移動することを考えれば近いだろう。しかし、この距離をジャングルを啓開しながら進むとなれば、大陸を横断するにも等しい遠距離になる。

いままでの航空偵察でも、明確な道路はほとんど発見されていない。おそらく道路は密林に隠れるような幅の狭いものだろう。自動車の通行は不可能か、できても単線だ。

それで部隊の輸送を行うとなれば、どこかに中継点として集積所を設けねばなるまい。貴官が探すべきは、まずその集積所だ。それも早急に」

「早急に？　何か敵に動きでも？」

「ある。戦闘機が投入されたということだ。戦闘機はおそらくポートモレスビーからのものだが、敵は自分たちの拠点が発見されるのは時間の問題と考えている。となれば、拠点が直接攻撃される前に攻勢に出るはずだ。敵の強みは場所を知られていないことだ。だから、その強みを失わないうちに仕掛けなければならんわけだ」

「逆にこちらが敵の拠点を発見したら、敵の攻勢は根本から頓挫するわけですか」

「そういうことだ」

橘はそれで状況はわかったが、一つ疑問があった。

「前回は海軍基地が攻撃されたので海軍航空隊が……」

吉成は橘に、みなまで言わせなかった。

「我々の航空支援は、もちろん期待していい。このニューギニアで陸海軍で対立するなど馬鹿げたことだ。貴官もブナ基地の再建は見ているだろう。ほかはともかく、このニューギニアで陸海軍航空隊は独立空軍の仲間である」

「独立空軍の仲間……」

さすがに橘も、その話には驚いた。陸海軍航空隊の協力はまだしも、独立空軍とは。

「まぁ、そう驚くな。法的に独立空軍などないが、要は気持ちの問題だ」

「気持ち……ですか……」

橘中隊長には、とてもそうとは思えなかった。

4

クック少将は任務終了後、ブリスベーンに寄港していた。次の任務に備えてである。真珠湾に戻らず、ここで次の命令を待つように命じられていたためだ。

ただブリスベーンの日々は、彼にとって必ずしも心地のよいものではなかった。それは、日本軍を攻撃した陸軍部隊が壊滅的な打撃を受けてしまったからだ。それはそれで残念なことだとクック少将は思っていたが、どうやら陸軍側は自分たちの砲撃を問題としているとなると、彼も穏やかではいられない。

「巡洋艦部隊がもっと徹底した砲撃を加えていたら、日本軍はあそこまで組織的な反撃はできなかったはずだ」

意見の多くはそうしたものである。

彼にとって苛立たしいのはそれは噂であり、面と向かって彼にそう言うものはいないことだ。しかし、陸軍関係者はそう考えているという。

これが公式な査問会かなにかなら、クック少将も身の潔白を証明できようが、噂では対処のしようがない。

しかも、どうやら海軍関係者の中にも陸軍の意見に同調する人間が少なくないらしい。そのため、彼にはなかなか新たな任務が与えられない。

そうして悶々としているなかで、彼はゴームリー中将の訪問を受ける。

「君の部隊に巡洋艦を、もう一隻編入する。具体的な艦名は現在検討中だ。いずれにせよ、巡洋艦四隻を指揮することになる」

三隻から四隻とは、単なる一隻増なのか、それとも三〇パーセント以上の戦力増強と解釈すべきか。クック少将は、ついそんな計算をしてしまう。

「それで今度の任務は？」

「ブナ地区だ。再攻撃する」

クック少将は、再びニューギニアを攻撃するという言葉に、驚くより暗澹たる気持ちになる。彼の主観ではそれは懲罰に近い。前が不出来だから、もう一度というふうに思えたのだ。

「どう攻撃するのです？」

「ブナ地区に海兵隊が上陸する。その前に制圧射撃を行う。前の作戦では、どうやら日本軍は海路でブナ地区へ補給を行い、そこからソプタなどへ支援を行ったと分析されている。

ならばブナ地区に部隊を上陸させ、そこからの支援を寸断する。そうすればソプタやドボデュラを攻撃しても、日本軍は増援が期待できないから我々が占領できる。ソプタやドボデュラが占領されたら、ブナ地区は陸と海から挟撃できる」

クック少将はほっとした。どうやら自分の考えすぎで、これは懲罰などではないらしい。

「上陸は海兵隊の連隊規模で行われる。戦力としては最低限度に抑えたい。重要なのは、ここで海兵隊が結果を出すことだ。陸軍が結果を出して海軍が出せなければ、ニューギニア戦域はマッカーサーの天下になる。それは避けねばならん」

「はぁ」

クック少将の向上した気持ちは、すぐにしぼんでしまう。マッカーサー云々(うんぬん)ということは、自分はどうやらえらく面倒な戦域の最前線に立たされるらしい。しかも、それとは知らないままに。

「当たり前だが、最善を尽くしてほしい」

「もちろんです」

「補給については考慮している。補給部隊も別途用意する。燃料や弾薬の補充も必要だからな」

「それはどういう……一撃離脱ではないのですか？」

それを聞いてゴームリーは驚いた表情を見せる。

「上陸部隊の火力支援が一撃離脱ではまずいだろう」

やはり、これは懲罰ではないのか、クック少将は思った。

「航空隊の支援はどうなのです？　例えば空母部隊は？」

それに対するゴームリー中将の返答は、聞くまでもなく顔を見ればわかった。空母の支援などないのだ。もっともクック少将は驚きはしない。そもそも空母が自由に使えるなら、自分たちを投入する必要はないのだ。

それにミッドウェー海戦に勝利し、日本海軍の空母部隊を撃破したとはいえ、空母戦力は日本優位から対等になった水準に過ぎない。戦艦の多くが真珠湾奇襲で撃破されているいま、米海軍は空母を危険にはさらせないのだ。

「我々だけですか……」

「すまんな」

ゴームリー中将は、一言そういうだけだった。だが、それでむしろクック少将の腹はくくれた。航空支援が期待できないなら、それなりの戦い方はあるのだ。

「わかりました。最善を尽くします」

第5章　ブナ地区襲撃

1

敷設艇一号型は日本海軍が建造した量産型の敷設艇であった。船型は雑役船型で量産性は優れていた。

海軍は、雑役船はすべて船型を統一しようとしていた。雑役船の船型を統一するのは、造船でもっともネックとなる主機を量産するためで、船型が一つなら主機も一種類だけ量産すればいいという理屈である。

この構想は開戦前から海軍で進められていたものだが、ミッドウェー海戦の敗北以降、基地航空隊の建設が急がれたことで支援艦船が大量に必要になり、大規模に進められることとなった。

敷設艇一号型は、そうした構想のなかで建造された艦艇だった。だから敷設艇ではあるが、敷設艇を建造するための船型ではなく、共通雑役船の船型のアプリケーションの一つが敷設艇なのである。

じっさい船型統一の効果は早くも現れていた。艤装品がすべて共通なので量産できるし、施工図面もほぼ同じである。これは量産という文脈のなかでは大きな利点であった。

統一船型の敷設艇としての第一号が、この敷設艇一号であった。従来の敷設艦などは多様な任務をこなせるように汎用艦の性格が強かった。

だが、敷設艇一号型はより敷設艇に特化していた。なので機雷を一〇〇個搭載するほか、二五ミリ機銃と七センチ高角砲を搭載していた。これらの武装は、対空のほかに潜水艦などを攻撃する意図がある。

その敷設艇一号の艇長は麻田(あさだ)大尉であった。海軍水雷学校で学び、おそらく自分はいずれ駆逐艦長になると思っていただけに、この人事は彼にとって意外であった。

それまでは二等駆逐艦の水雷長であったから、敷設艇とはいえ一国一城の主になれたのは誇らしくはある。もっとも、海軍もただで一国一城の主にするはずはなく、敷設艇一号は最前線の海にいた。

敷設艇一号型は汎用性を追求していない設計ではあったが、それでも基準排水量は七〇〇トンほどあり、機雷は定数を運んでいたが機雷庫そのものにも余裕がある。

そのため一〇〇トンまでなら物資輸送に従事することもできた。

一〇〇トンという数字は船舶輸送という観点では微妙だが、ラエやウエワクなどから物資を緊急輸送する時などには、貨物船より高速なこともあり重宝されていた。

それに、陸上基地にとっては一〇〇トンといえども馬鹿にできない量であるし、ニューギニアの戦場はまさに輸送力で勝敗が左右される土地である。

その時、敷設艇一号はラバウルからブナ地区まで大量に物資を運びこんだところだった。ブナ地区にすべての機雷を降ろし、機雷庫を完全に空にしての輸送任務であった。

それが完了後、降ろした機雷を再び積み込み、通常の哨戒任務にあたる。

「電探の調子はどうか？」

「異常ありません」

敷設艇の艦橋の後方に電探が設置されていた。敷設艇には機雷のほかに爆雷も搭載されており、対潜能力もあった。駆潜艇ほどではないが潜水艦とも戦える。

第四艦隊司令部は過日の敵軍の攻撃から、潜水艦によるゲリラ部隊の上陸なども警戒しており、電探の装備はそうした相手に対応するためである。

結局、専用艦艇として建造されても、戦場の現実は敷設艇にも汎用艦的な任務を求めてしまうのだ。

「しかし艇長、この電探で潜水艦などわかるんでしょうか」

「ラバウルではわかると言っていたな」

じっさいに潜水艦で試験してみればいいのだろうが、あいにくとそんな時間的余裕はなかった。ラバウルで電探工事をした技術者の話を信じるだけだ。

「飛龍も電探があったから生き残ったんですよ」

技研の技術者はそう言うのだが、潜水艦を発見できるのかというこちらの質問の返答にはなっていない。

「それに敵潜を撃破するとして、我々だけで可能でしょうか」

電測員は、聞きようによっては敢闘精神に欠ける質問をしてきたが、麻田は咎めない。こういう場合に頭ごなしに言っても部下の信頼は得られないからだ。

部下がどうしてこうした戦術論を尋ねるのかといえば、要するに信頼の問題であり、もっとはっきり言えば技量の確認だ。

不沈戦艦ならないざ知らず、七〇〇トンの小艦艇を沈めることなど容易い。だからこそ、自分たちが生き残れるか戦死するかの分水嶺は、艇長の技量次第となるわけだ。

それに、電測員との会話は艦橋のほかの将兵も聞いている。いわばこれは、艇長としての資格試験のようなものと考えたほうがいいだろう。

「撃破する必要はない」

麻田は断ずる。

「撃破しない……のですか？」

「運がよければ爆雷で仕留めることもできようが、ブナ地区の我々にとって重要なのは、敵潜の撃破ではない。浮上した敵潜がゲリラを上陸させたり、上陸したゲリラに機材を補給するような場面を与えないことだ。

つまり、浮上したら間髪いれずに砲撃すれば、敵は浮上できない。浮上できない潜水艦に任務は達成できないわけだ」

電測員はそれなりに納得したようだが、さらなる質問を行った。

「敵潜が潜航中に、先に我々を雷撃してから浮上したりはしないでしょうか？」

それは麻田も考えていたことだった。

「浮上してくるかもしれないが、この辺の海は深度が浅い。潜航した潜水艦が接近するのは無理だろう。至近距離からの雷撃は無理だし、沖合からの雷撃では命中しない。そもそも魚雷が届くまい。

可能だとしたら浮上しての雷撃だが、それなら電探で捕捉できる。だから、潜水艦による先制攻撃はないだろう」

麻田艇長の言葉に乗員たちは納得したようだった。この艇長なら大丈夫だという信頼感だろう。

部下たちがそこまで不安を覚えているのは、敵襲が再度行われることを予想してだ。

前回は巡洋艦部隊が夜襲を仕掛けてきた。果たして二度目があるのか？　それが彼らの不安だ。

これに対して第四艦隊の対応は鈍い。

一つには、ニューギニアには軍港となる場所がないことがある。また、「あるかもしれない」程度のことで、有力軍艦をニューギニアに派遣するのも考えものだ。ラバウルだって守らねばならぬ。

敵軍艦が再度攻撃してきたら、航空艦隊が返り討ちにするという意見もあり、むしろここは敵を誘い込むべきというわけだ。

どちらにしても、有力艦隊は出さない点では同じである。

むろん地形的に軍港に向いた場所はある（例えばポートモレスビーもそうだ）のだが、軍港の整備は一朝一夕にはいかない。少なくともいまの作戦には間に合わない。

その点で、敷設艇のような小艦艇は扱いやすい。敷設艇が哨戒任務も担当するのはそのためだ。

そうして数日が過ぎ、ある深夜のこと。電測員が麻田に報告する。

自室で仮眠をとっていた彼は伝声管に起こされる。

「なにごとか？」

「電探に反応があります」

「電探に反応？　潜水艦か？」

「いえ、反応からすれば大型艦船が多数です」

「なんだと！」

麻田は、驚きはしたが狼狽（ろうばい）はしない。来るものが来たと思っただけだ。敵艦隊との遭遇は織り込み済みだ。だからこそ、自分たちはここにいるのではないか。

「司令部に急報だ。敵部隊の動静を伝えよ」

麻田の命令とともに、すぐにブナ地区の司令部より命令が下る。

「計画を実行せよ」

その命令を受けると麻田は部下に命じる。

「機雷敷設の準備にかかれ！」

どこに機雷を敷設するか？　それはすでに決めてある。大型艦が通行しそうな海域に敷設すればいい。

巡洋艦がそこを通過するかどうかはわからない。しかし、敷設艇が有力軍艦に立ち向かうとすれば、武器は機雷しかないのだ。

敵艦隊は、やはり巡洋艦らしい。反射波は戦艦ほど大きくはない。ただ、艦船の数は一〇隻以上あるらしい。

その報告に、麻田は恐怖よりもある種の高揚感を覚えた。艦船の数が多ければ、機雷原に接触する確率も高くなる。

「機雷敷設、完了しました！」

報告があった時、敵艦隊は驚くほど接近していた。さすがに麻田も、敷設艇一隻で敵艦隊と戦うほど馬鹿ではない。彼は敵艦隊とは反対方向に退避する。

「始まったか……」

麻田は艦橋から敵艦隊の砲撃を認めた。

2

クック少将の部隊は駆逐艦三隻、軽巡洋艦四隻の陣容に輸送船一〇隻の上陸部隊を伴っていた。

上陸予定地点の周辺は水深が浅いため、敵潜の活動は警戒せずともよいとの判断だ。そのため駆逐艦も少ない。

「最初からこうすべきだったんだ」

クック少将としては、ブナ地区の攻略は海軍と海兵隊だけで、陸軍など加えずにやるべきだと考えていた。

それならすべてが海軍だけで完結する。なまじ陸軍部隊を関係させたことが事態を面倒にしてしまったのだ。上陸して海から内陸に日本軍を追いやれば、それでいいのだ。

しかし、それもいまさらの話だ。そもそもこの作戦は、陸軍が主導して言ってきた作戦であるから、海軍視点の合理性など通用しないわけだ。

時間になり、四隻の巡洋艦はブナの日本軍基地に向かって砲撃を開始する。何を狙ってということはなく、海岸から基地の場所まで万遍なく砲撃を加える。

「司令官、レーダーが小艦艇を一隻、捉えていますが？」

参謀からの報告にクック少将は、そんなものは無視しろと伝える。巡洋艦に余裕はないし、駆逐艦には貨物船団の護衛という役割がある。

それに戦艦とでもいうならまだしも、小艦艇一隻くらいなんだというのか。

自分たちから離れていっているならば、放置しても問題はないだろう。上陸部隊の脅威にもなるまい。

巡洋艦四隻の砲撃の中を駆逐艦四隻と貨物船一〇隻が前進する。前進し、揚陸準備にかかるのだ。

驚くべきことに、米軍部隊は機雷が敷設されている可能性をまったく考えていなかった。前回はそんなものはなかったし、港湾の整っていないこの地域で機雷敷設がなされるとは思わなかったのである。

それよりもクック少将は、ブナ地区への砲撃を優先させた。部隊が上陸するからには、海岸線付近の敵の防衛線を粉砕しなければならない。

レーダーで海岸線の位置はわかる。砲撃は海岸線から内陸に向かって前進する形で行われた。

レーダーでの砲撃精度は必ずしも高くはない。しかしそれは、一五センチ砲弾の威力と巡洋艦の数で補う。

斉射ごとに六〇発の砲弾が落下する。砲弾は単純計算で、一五メートルに一発の割合で撃ち込まれる。一五センチ砲弾としては恐ろしい密度である。

そうやって海岸線の日本軍陣地から内陸に向け、砲撃は続けられた。

「あの海岸にはいたくないな」

クック少将は海岸の火力密度を目のあたりにして、そう思う。ともかく海岸は燃えていた。矢継ぎ早の砲弾の雨で、海岸は深夜にもかかわらず、昼間のように明るい。

ただ、海岸の様子がよくわからないのも確かだ。日本軍陣地がどこにあるのかもわからない。砲弾の直撃を受けずとも、爆風や破片により破壊されることもあるからだ。

驚くべきことに日本軍陣地からの反撃はなかった。反撃できないのか、下手な反撃で陣地を露呈するのを避けているのか。あるいは考えにくいが、そもそも陣地などないのか？

各巡洋艦が一門あたり一〇〇発を砲撃した時点で、制圧射撃は終了した。

ここから先は上陸部隊が前進する。もしもここで反撃があれば、それを潰す。もっとも、これだけの砲撃で無傷な陣地があるとは思えないが。

貨物船群は一斉に海岸に向かっている。海岸との距離が近いほど、揚陸部隊の移動は楽だ。

米海軍海兵隊は精鋭とはいえ、こうした規模の上陸作戦はこれが初めてだ。

そして、貨物船が爆発した。

「仕掛けてきたか！」

クック少将はそう考えた。日本軍陣地から貨物船を攻撃してきた。彼はそう考えた。

彼にとっては日本軍の抵抗を排除することこそ重要で、撃破された船の状態は二の次だった。

攻撃されたが、どこから撃たれたのかがわからない。そうしている間に二隻目が撃破される。

「潜水艦か！」

クック少将はそう考えた。こんな場所に日本軍が機雷堰（きらいせき）を築けるとは思えない。

そんな先入観が彼にそうした判断をさせた。

潜水艦とわかれば対処法は簡単だ。彼は護衛の駆逐艦に潜水艦を撃沈するように命じた。

駆逐艦は貨物船の周辺に、それを守るべく殺到するが、その駆逐艦が続けて二隻爆発する。

ここに至ってクック少将は、自分たちが機雷堰に突入してしまったらしいことに気がついた。

だが、それは致命的なまでに遅すぎた。触雷して沈みかけた友軍船舶にほかの船が救助に向かい、結果、それも触雷してしまったからだ。

駆逐艦三隻、貨物船五隻が触雷してしまった。残りの貨物船は前進をやめ、その場から舟艇の発進をはじめた。

さすがに舟艇なら触雷は起こらないが、座礁した貨物船の横を通過するのは生きた心地がしなかった。

小型の舟艇が兵員を乗せて前進し、そこが安全そうだというので戦車揚陸艇を前進させたが、これはバランスが悪かったのか、本当なら触雷せずに通過できたものが、波の動揺と舟艇の動揺が嚙み合って瞬間的に水深が浅くなり、そして触雷してしまう。

理由はともあれ、戦車揚陸艦が触雷し、ばらばらになった戦車が降ってくる。海兵隊員を乗せた舟艇の目の前に吹き飛ばされた砲塔が落下し、危うく死傷者が出かねない状況だった。

触雷した貨物船では、脱出なのか出撃なのかわからない混乱のなか、使える舟艇で海兵隊員たちが海岸を目指した。ほかに向かうべき場所はない。

砲撃の余韻は残っていて、何かが燃えているのか炎があちこちで舞っている。海兵隊員たちは、戦闘よりも生存を優先するかのごとく海岸へと向かう。幸いにも日本軍は攻撃をかけてこない。

「やはり巡洋艦の砲撃は、敵の防衛線を吹き飛ばしてくれたようだ」

命からがら海岸線にたどり着いた海兵隊員たちは、この事実にしがみつく。ただ上陸はしたものの、部隊は分隊規模でしか集結できていない。小隊、中隊レベルではばらばらだ。

「A中隊！　集結！」

立ち上がってそう命じた中隊長が、その場に斃(たお)れる。誰もすぐには何が起きたのかわからない。砂に足でも取られたのかと思うだけだ。

次席指揮官が中隊長にかけよって、はじめて彼が狙撃されたことがわかる。

「衛生兵！　負傷者だ！」

次席指揮官が叫ぶ。

彼とて中隊長が即死なのはわかっている。だがいまこの状況で、中隊長が狙撃されて即死したと叫ぶことがよい結果を生まないだろうことはわかっていた。

彼のこの判断により、日本兵の狙撃手がいることを部下たちに知らせることも遅れてしまう。教えないという判断が咄嗟（とっさ）のものであるから、事後のことまでは考えが及ばなかったのだ。

しかも状況は自分たちに著しく不利だ。自分たちの姿は狙撃手からは丸見えだが、自分たちは深夜に炎に囲まれているような状況で闇の向こうは見えない。

この状況を変えたのは、皮肉にも衛生兵たちだった。

「中隊長は死んでます！」

衛生兵は次席指揮官に聞こえないと思ったのか、それを連呼するが、それによりその辺の将兵はA中隊の中隊長が戦死したことを知る。

「A中隊！　集合！」

次席指揮官はそう命令を出さざるを得ない。そして彼は周囲の将兵が注目するなかで、日本兵に狙撃されて絶命する。

三八式歩兵銃は口径が小さく殺傷力が低いことは、日本陸軍でも問題になっていた。

しかし、ジャングルでの狙撃銃として考えると、マズルフラッシュや発射音も小さく、反動が少ないので命中率が高いという特性を持っていた。

それでも陸軍は九九式小銃を主力としていたが、海軍の装備は多くがいまも三八式歩兵銃であった。それがいま、日本海軍の将兵には幸いした形だ。

深夜である。自分たちが狙撃されているという事実が、海兵隊員たちを疑心暗鬼に陥(おとしい)れた。

結果的に、ばらばらの分隊は分隊単位でしか戦えなかった。日本軍の反撃はいまのところ狙撃手だけだが、それが何人いるかもわからない。

ただ、向こうからは海兵隊の動きがよく見えるらしく、将校は次々と斃れていく。実数を客観的に見れば、下級将校が数人なのだろうが、現場の将兵にはそれ以上の犠牲が出ているように見えた。

状況は非常に悪い。触雷した貨物船は完全に沈没してはおらず、着底した状態で燃えている。だから海上から海岸までは、日本軍陣地からよく見えた。

それは舟艇に向けて迫撃砲弾が落下し始めてから明らかになる。日本軍は事前に弾着地点の位置関係を計測していたのか、砲撃は正確だった。

舟艇に砲弾が直撃しなくとも、その破片が将兵を傷つける。さすがに直撃された舟艇は少ないが、一隻でも直撃されれば部隊の士気は劇的に下がった。

そうしたなかで海兵隊員たちは、だんだんと巡洋艦の事前砲撃はほとんど効果がなかったのではないかという疑念にとらわれてきた。

客観的に見れば最大の損失は機雷堰によるものだが、最前線の将兵には狙撃される将校や撃破される舟艇こそが、敵の攻撃なのだ。

そして、その頃から日本軍の反撃が始まった。迫撃砲や野砲らしい砲弾が海岸へと弾着し始める。

海兵隊の指揮官は巡洋艦に支援砲撃を要請するが、巡洋艦からの返事は不可能というものだった。巡洋艦から見れば、日本軍の砲撃場所がわからない。

機雷堰によって撃沈された船舶が炎上しているため、その炎に邪魔されて砲撃場所がわからないという。そこで、唯一残っている駆逐艦から直接支援を受けることになったが、これは大失敗だった。

砲撃を始めてすぐ、それは敵軍よりも友軍を傷つけたのだ。そもそも日本軍の正確な位置がわからないのだから、砲撃のしようもない。

日本軍の反撃は必ずしも強力ではなかったが、それでも海兵隊は前進ができない。機雷堰の効果が、ここできいていた。

舟艇の被害は無視できなかったが、それでも増援は到着し始める。ただ、主計官が計画したようなバランスの取れた揚陸ではない。運べるものを運ぶ。そうした揚陸だ。

それでも、すでに上陸した将兵にとって、増援が来ることはなによりも心強い。

「戦車が来たぞ！」

海兵隊員たちの士気を一気に高めたのは、揚陸に成功した戦車揚陸艇の存在だった。それだけ戦車への期待は大きかった。

揚陸したのは二両のM3軽戦車であったが、海岸から動けなかった海兵隊員たちは戦車を盾に前進を試みる。

この二両の戦車によって部隊は大きく前進したかに見えた。

確かに二個分隊は数百メートルの前進を成功させた。だがそれも、M3軽戦車が野砲弾の直撃を受けるまでだった。

日本軍側が再度の米軍侵攻を予想し、それに備えて用意したのが九〇式野砲だった。

日本軍には速射砲として四五ミリの対戦車砲があったが、対戦車能力では、より口径の大きな野砲に分があった。これは物理的な事実であり、不思議でもなんでもない。

もちろん速射砲には、軽量で機動力があるなどの利点も多い。ただ、海軍航空隊の基地防衛の警備隊としては、火砲の種類は可能な限り少なくしたい。

もっと言えば、野砲だけにしたい。砲兵はそれほどいないのと、大物は航空機で仕留めるからだ。

Ｍ３軽戦車は砲弾の直撃を受けて砲塔が弾き飛んだ。僚車も退避行動を試みるが間に合わず、やはり撃破されてしまう。

戦車を盾にしていた海兵隊の分隊は、自分たちがきわめてまずい状況に陥っていることを認めざるを得ない。戦車により前進し、敵陣地に楔（くさび）を打ち込むつもりが本隊と離れすぎたため、分断の危機に直面しているのだ。

だが海兵隊の指揮官は、分断された小隊の救援には向かわなかった。自分たちは、まだ火砲を揚陸していない。その状態で救援に向かえば自分たちが砲撃されて、全滅になりかねない。

基本的に彼は、この状況を罠と解釈していた。そこで、日本軍が孤立した分隊を包囲殲滅しようとした時、逆にそれを挟撃しようと考えていた。

だから、日本軍が出てくるのを待っていた。しかし、日本軍守備隊の攻撃目標はそんなところにはなかった。地上戦を行うための総兵力に欠けているのだ。

日本軍としては、そんなところに数少ない兵力を投入するよりも、米軍の上陸をいかに阻止するかのほうが重要である。そのため日本軍は、野砲で海岸の上陸部隊をまず砲撃していた。

結果的に戦車とともに前進していた海兵隊員は、退却して本隊に戻ることはできたのだが、それは海岸の部隊を支援するためだった。

この段階で海兵隊側も、ブナ地区の地上部隊がそれほどの規模ではないことに気がついていた。気がついてはいたが、どの程度の規模の部隊が自分たちと対峙しているかがわからない。

さらに、これがより重要なのだが、海兵隊側も日本軍の戦力を蹂躙できるほどの規模を持っていなかった。

一〇隻の貨物船から全戦力が揚陸を成功させていたら、あるいは鎧袖一触もあり得たかもしれない。しかし貨物船の半分は失われ、揚陸作業も多大な損害を出している。

現時点で上陸に成功しているのは、総兵力の四分の一程度。この先、揚陸できそうなのは残り四分の一程度だ。つまり、すべての揚陸が終わっても総兵力の半分しかない。

それでも総兵力の半数があれば、戦車もあるので日本軍をなんとかできると思われたが、揚陸終了はどう考えても朝になる。

「結局、巡洋艦なんぞなんの役にも立たないではないか！」

それが海兵隊員たちの率直な気持ちであった。

あれだけの砲撃を加えたのに、なお日本軍は反撃してくる。ただ日本軍の反撃も若干の野砲どまりであり、それなりに砲撃は打撃を与えたのだという意見もあった。

海兵隊の指揮官の意見もそれだった。敵に大打撃を与えた以上、あと少しの兵力でブナ地区は占領できる。彼はそのため、残っている戦車の揚陸を急がせた。

先ほどは二両だけを展開したため、敵に遅れをとってしまった。しかし、戦車はまだ一個小隊分、四両が使えるはずだった。それらを小隊規模で動かせば、日本軍陣地を粉砕できるだろう。

幸いにも最後の戦車揚陸艇は野砲の攻撃を避け、離れた海岸に揚陸を成功させた。

四両のＭ３軽戦車が集結すると、海兵隊の指揮官は小隊長に敵陣を攻撃するよう命じた。

「敵の野砲陣地を叩いてくれ！」

指揮官の命令に小隊長は困惑する。

「野砲陣地って、どこにあるんだ！」

「あの辺の滑走路の奥だと思う。だから、あちらから迂回して攻撃してくれ！」

指揮官は海岸線をざっと表した地図で、戦車隊が進むべき進路を示す。それはかなり雑な図面ではあったが、小隊長は理解した。

「敵は戦車隊の上陸を知らない。野砲が海岸ばかりを狙っている間に叩くのだ！そうすれば、部隊は前進できる」

小隊長は指揮官に対して肩をすくめたが、すぐに四両のＭ３軽戦車は前進した。

この間に海兵隊指揮官は海岸に簡易指揮所を設定させていた。窪地に土嚢(どのう)で補強し、テントを設置したものだ。そこに野戦電話や無線機を設置し、数人のスタッフがいる。

戦車隊に命令を出した後、指揮官はそこに戻り、部下から状況報告を受ける。状況はあまり変わっていない。

戦線は膠着状態で互いに塹壕を掘っている。日本軍も防衛線を立て直したのか、小銃や機関銃での応戦も起きていた。だが、部隊は前進できていない。

厄介なことに彼我の塹壕は一〇〇メートルほどしか離れておらず、一番近くでは五〇メートル程度らしい。

どうも日本軍が防衛線として用意した塹壕を海兵隊が確保したため、本来なら第二防衛線か第三防衛線となるべき塹壕に日本兵が籠城し、塹壕同士の撃ち合いになってしまったらしい。

この状態は、ますます巡洋艦の砲撃を使えないものにした。日本軍を攻撃すれば自分たちも巻き込まれることは明らかだ。

海兵隊の指揮官は、なおさら戦車への期待を高めた。野砲陣地さえ潰してしまえば日本軍は総崩れだ。

しかし、話はそうならなかった。

3

塹壕があったことは意外だったが、海兵隊員たちはそれでやっと一息つくことができた。日本軍の迫撃砲や野砲の攻撃から身を守ることができるからだ。

もちろん日本軍もまた塹壕の中にいるので、侵攻という点では、膠着状態のいまは望ましい状態ではない。

しかし海兵隊にとって、いまは戦線を整備することこそ優先された。戦車がやってくるという話は燎原の火のように部隊に広がっていた。

だから部隊の士気は高い。この状況も戦車さえ現れれば変わる。彼らはそう信じていた。

だが、膠着状態を別の意味で嫌っていたのは、日本軍も同様だった。

「戦車が来るぞ！」

海兵隊員が叫ぶ。それで士気は頂点に達するかに見えたが、すぐにどん底まで下がった。

履帯を装着した車両は日本軍の車両だった。海兵隊員は戦車と呼んだが、純粋に戦車でもないらしい。だが履帯を履き、装甲も施され、火砲も搭載されていた。

ハーフトラックとわかったのは、荷台の火砲が火を噴いたからだ。

それは曲射砲なのかもしれないが、塹壕内に正確に弾着し始めた。考えてみれば、ここは日本軍が構築した塹壕なのだから、日本軍は誰よりも内部構造に精通している。だから正確に砲撃できるのだろう。

「日本軍の自走砲です！」

塹壕で日本軍と戦っている海兵隊の中隊長が、指揮官に野戦電話で増援を求めた。

指揮官にとっては悩ましい問題であった。敵に戦車の存在が知られていないいまこそ、野砲陣地を攻撃するチャンスだ。

しかし、塹壕の自走砲を放置もできない。あの塹壕が日本軍に奪われれば、戦線を大幅に下げて防衛線を再構築しなければならなくなる。

兵力に十分な余裕があればまだしも、機雷のためにおびただしい機材と人員が失われている。本当なら作戦を遂行し続けることも難しい。

それでも戦っているのは、端的に言えば、この状況では撤退自体が不可能であるからだ。占領し、後続を待つしか選択肢はない。

「戦車小隊に連絡しろ！　敵の自走砲を排除するのだ！」

指揮官は、今度は無線機で戦車小隊に命じた。

これは咄嗟のこととはいえ、いささか短絡的だった。つまり、戦車小隊にだけ命じて、歩兵部隊には支援するよう命令していなかったのだ。

結果として、戦車小隊は戦車だけで自走砲に対処することになった。

戦車隊の小隊長はここで、四両全車で移動するのではなく、一両だけに自走砲の始末を命じた。この辺の判断は、歩兵上がりの海兵隊指揮官と戦車兵の戦車戦術への認識の差であった。

戦車小隊長としては野砲の排除が急がれ、そのチャンスは潰せない。

一方、自走砲も無視できないが、ハーフトラックの自走砲ならば装甲も限定的であり、しかも搭載砲は曲射砲だという。それなら戦車が撃破される恐れはない。

とは言え、戦車以外で自走砲を始末するのは容易ではない。となれば、ここは戦車一両で早々に処理するしかない。それが小隊長の判断だった。

そのためM３軽戦車は単独で、日本軍の自走砲を探して前進する。

日本軍陣地は必ずしも完成されたものではなかった。基地の全周にわたって作られているわけではなく、部分的な塹壕だった。

おかげで戦車の移動は塹壕に落ち込むこともなく順調であったが、それはハーフトラックの自走砲も同様だっただろう。

戦車長は半身を乗り出して周囲をうかがう。戦車が接近することで日本兵は次々と逃げていく。

それは自然な情だろう。戦車が目の前に迫ってくるというのは、動物の本能レベルで恐怖を呼び起こす。

ただ、海兵隊員まで逃げ出したのを見た時には、いささかげんなりした。敵味方の識別もつかないのかと思ったが、深夜に単独で戦車が突進してくれば、敵味方なく逃げるのも道理か。

海岸周辺は燃える貨物船のために明かりもあるが、基地に接近すると視界は急激に狭くなる。銃口や曳光弾が走るのは見えるが、自走砲はわからない。

ハーフトラックに火砲を載せているなら、車高はかなり高いはずだが、それらしいものは見当たらない。しかし、自走砲から戦車の姿は見えていたのだろう、側面から戦車は砲撃された。

砲弾が砲塔に命中するも撃破には至らない。しかし、砲弾片は戦車長を即死させた。戦車長の遺体はすぐ車内に引き込まれる。

「こちら四号車、敵自走砲により車長が斃れた。砲手が四号車の指揮を執る！」

砲手は小隊長に状況を報告し、敵自走砲に向けて戦車を前進させる。

砲塔側面に命中した砲弾は装甲を貫通できなかった。敵の火砲は野砲などではなく、もっと威力の弱い大砲だろう。歩兵支援用の榴弾砲かなにかだ。

ならばこのまま前進しても、M3軽戦車が撃破されるはずがない。それが砲手の考えだ。

もっとも、戦車もすぐには前進できない。車長の遺体を放置できない。残された三人で車長をキャンバスに包み、車内の隅に横たえる。遺体を放置したままでは戦えない。

停車時間は短かったが、動き出すとすぐに機銃手が銃弾を撃つ。火炎瓶を持った日本兵が近づいていたからだ。

日本兵は機銃掃射で斃れたが、ここが戦場であることを彼らは自覚した。戦友に礼を尽くすことさえ、ここでは命がけだ。

自走砲は再度砲撃を仕掛けてきたが、装甲はそれを弾き返した。

どういうつもりなのか、敵は正面装甲に砲弾を放ってきた。側面でも貫通できないのに、正面から貫通できるはずがないではないか。

ただ、こうなると操縦手もいままで開けていた装甲ハッチを閉めて操縦することになる。それはM3軽戦車にとって視界が狭まることであった。しかも夜間だ。

それを期待してなのか、自走砲は何度も砲撃を仕掛けてくる。それらは装甲に弾かれるだけだが、軽戦車は行動を著しく制約された。

ハッチを開ければ弾が飛んでくる。装甲は無事でも人間には装甲がない。

結果として、Ｍ３軽戦車は歩兵の支援もないために周囲の状況が確認できないまま、同じ場所をぐるぐるとまわらされることになる。

それに気がついた操縦手は、戦車を別の方向に走らせた。そして、戦車は異音とともに動かなくなる。

「なにごとだ！」

「有刺鉄線が車軸にからまったようです！」

砲手は悪態をつく。これではどうにもならないではないか。

「ちょっと待ってろ！」

砲手は工具を持って車体底のハッチを開ける。そこから戦車の下に出て、からまった有刺鉄線を工具で切断するのだ。

ほかに手段はない。砲塔から外に出れば、地面に足がつく前に敵弾に撃たれるのは自明だ。

作業は手探りで行わねばならなかった。灯りをつけても銃撃されるのは間違いない。

「敵兵に注意しろ！」

砲手は車内の二名に命じる。先ほどのこともある。敵兵が火炎瓶や手榴弾を持って接近してくるのはあり得ることだ。

車外で地面に這いつくばった彼は、体全体で履帯車両の接近を感じた。

「自走砲！」

ここで砲撃されれば、どうなる？　正面や側面に砲撃しても、車隊の下なら破片にやられる可能性はないだろう。しかし、有刺鉄線をなんとかしない限り戦車は動かない。

車内に戻ることも考えた。敵がこちらが動けないとわかって姿をさらすなら、いまこそ敵を撃破するチャンスだ。

だが、彼は有刺鉄線の処理を優先させた。戦車が動けるようになれば、敵を追撃するのは容易だ。動けなければ適切な位置からの砲撃もできない。

そうしている間に自走砲が砲撃する。

砲口炎でその車体が見える。どうやらハーフトラックの荷台に、後ろに向けた火砲を載せているらしい。

口径は七〇ミリ以上あるようだが、短砲身で歩兵支援ならともかく、装甲貫通力は高いとは思えない。じっさいこれまでも装甲は砲弾を弾いてきた。

そして今度も、砲弾は正面から戦車に命中した。砲弾は虚しく弾かれると砲手は思った。

そうはならなかった。自分の頭上で爆発音がした。ガソリンや砲弾が爆発したのだ。

「なぜだ……」

砲手には、すぐ理由がわかった。

操縦席のハッチが夜間なので開けられていた。そのハッチから砲弾が車内に飛び込んだのだ。その砲弾がエンジンを破壊し、砲弾を誘爆させた。

ただし、その爆発は戦車の装甲が閉じ込め、自分はいま無事だ。

「どうすればいいのだ！」

砲手は戦闘が終わるまで、その場所から動けなかった。

4

「四号車がやられただと！」

小隊長は、ハッチから火を吹くＭ３軽戦車の姿を見た。自走砲の姿はよくわからないが、火砲の直撃を受けて戦車が擱座したのは間違いない。

「対戦車砲があるのか？」

それが彼の結論だ。おそらく一門だけ、そんな火砲があるのだろう。たくさんあれば、あの戦車はもっと早く仕留められていたはずだ。

対戦車砲を人力で移動していたから、ここまで時間がかかった。そういうことなのではあるまいか。

小隊長は、これをチャンスと考えた。

野砲陣地の位置もだいたいつかめた。対戦車砲は、ここにはない。ならば、いまこそ敵野砲陣地を一掃するチャンスだ。

戦車は飛行場の誘導路沿いに並んで前進する。日本軍基地は意外に整備されており、土を盛って飛行機用の掩体ができていた。

三両の戦車はその掩体の間をぬうように前進する。そして突然、先頭車両が爆発する。

側面から砲撃を受けたのだ。それは明らかに七五ミリクラスの火砲に砲弾が命中した破壊のされかただ。砲塔が吹き飛び、炎上した。

「敵襲！」

小隊長が叫ぶのと同時に殿（しんがり）の戦車が、やはり爆発する。小隊長の戦車だけ残ったが、掩体と掩体の間で動けない。

燃える戦車が周囲を照らし、彼にはハーフトラックが前方を移動する光景が見えた。そのハーフトラックは、確かに七五ミリクラスの野砲を牽引している。

つまり、野砲陣地はハーフトラックにより自在に移動可能だった。おそらく日本軍の火砲は、みんなそうなのだ。自分たちは日本軍の機械力を根本的に見誤っていた。

そう思った時、彼の戦車も撃破される。移動した野砲が難しい角度で砲撃を仕掛けてきたのだ。

こうしてブナ地区に上陸した海兵隊の戦車は全滅した。

第6章　連合国陸軍部隊

1

　ブナ地区が海兵隊により侵攻されている頃。輸送機による航空拠点を中心に、連合国陸軍部隊はソプタやドボデュラへの侵攻にかかろうとしていた。

　ニコルソン大佐麾下のAからDまで、四つの大隊が攻撃戦力だ。AとBがソプタを、CとDがドボデュラを、それぞれ左右両翼から攻撃する。

　どちらの部隊にも戦車五両が戦車小隊として編入されている。オーストラリア軍が開発した空挺用の三七ミリ砲の軽戦車だが、戦車を欠いた相手には圧倒的な存在となろう。

　ニコルソン大佐は、バークベースの司令部で時計だけを気にしていた。今回の作戦は前回の反省もあって、陸海軍が海と内陸から日本軍を挟撃することになっていた。

上陸部隊の貨物船には陸軍の連絡将校が乗船し、海兵隊指揮官との連絡にあたることになっていた。前回の失敗では、陸海軍の連絡の悪さが指摘されていたからだ。もっとも連絡将校は、海兵隊指揮官とは別の船に乗っていた。危険分散というより、互いに相手の部隊の動きに干渉されたくないためである。

はっきり言ってニコルソン大佐には、連絡将校の価値は海軍がちゃんと仕事をしたかどうかの確認ができる点にしかない。

彼から見て、巡洋艦部隊の砲撃は陽動作戦でしかない。自分たちがソプタとドボデュラを占領すれば、航空基地が二つ増えるから、そこから部隊の増強ができる。あとは海軍が海上封鎖さえすれば、ブナ地区の日本軍は一掃できるという道理である。

「巡洋艦部隊、砲撃を開始しました！」

通信参謀が報告し、ニコルソン大佐は満足そうにうなずく。

「よし、計画通り攻撃開始だ！」

2

ニコルソン大佐が用意した七五ミリ榴弾砲M1A1陣地は、攻撃命令とともに砲撃準備に入った。FO（前進観測班）はすでに先行し、日本軍基地を観測できる位置についていた。

日本軍基地はジャングルを開墾しているので、ジャングルから断絶して飛行場が現れる。

過日の戦闘のためか、ジャングルの樹木は雑に伐採され、丸太は撤去されているが、先のとがった切り株がバリケードのように五〇メートルの幅で基地を囲んでいた。

基地に侵攻するには邪魔でしかないが、敵の銃弾を防ぐには細すぎて役に立たないという代物（しろもの）だ。

FOは、まさにその切り株の中を密かに前進していた。夜間なら、とりあえず身を隠すことはできる。ただし、視界はよくない。

準ジャングルのような場所であるため、観測地点としては完璧とは言いがたい。

さらに夜間であるため、正直、弾着してくれないと何も見えないような状況だ。なのでＦＤＣ（射撃指揮所）も仮のパラメーターを設定し、砲撃にあたる。航空偵察なども行われているので、初弾命中はないとしても標的に対して大きくずれることもないはずだ。

標的は日本軍のレーダーアンテナだ。残っていては厄介な存在であることはもちろん、彼らの位置から存在がわかるのは、背の高いレーダーアンテナだけだからだ。

攻撃開始命令が届き、ＦＯの将兵は標的周辺に双眼鏡を向ける。

砲声よりも早く、砲弾が空気を切り裂く音が頭上に響く。初弾はレーダーアンテナから一〇〇メートル以上ずれたところに弾着した。

ＦＯはすぐ、通信兵に弾着状況をＦＤＣに報告させる。ずれは大きいが、この状況では善戦したほうだろう。

しかし、日本軍基地は弾着にも沈黙を貫いていた。それは不気味だったが、ＦＯとしては観測を続けるしかない。

二発目の砲弾は、やはり一〇〇メートルほどずれている。

「何をやってる！」

ＦＯの砲兵少尉はＦＤＣに悪態をつく。弾着を修正したはずなのに、まるで修正されていないではないか。

さらに三発目が弾着するが、それに至っては二〇〇メートルもずれている。

ＦＯの砲兵少尉は、ふと違和感に襲われた。標的のレーダーアンテナの位置が毎回変化しているように思えたからだ。

彼が双眼鏡をもう一度、基地に向けると、いきなり視界が奪われる。なにごとかと思って双眼鏡をよけると、目の前には銃口があった。

「スタンド・アップ！」

気がつけば、日本兵がＦＯを取り囲んでいた。そして、分隊長らしいのが下手な英語でＦＯの将兵を武装解除する。

「うまくいきましたね、分隊長！」

「ここまでうまくいくとは思わなかったな」

「車載電探が移動したことにも気がつかないとは」

「一〇〇メートル程度なら、わからんさ。ある意味、こいつは観測員として腕がいい。

正確に弾着観測してくれたからこそ、こちらはトラックの動きと弾着のずれから、観測地点を絞り込めたからな」

日本兵たちはそんな会話をしていたが、もとよりFOの砲兵少尉には、何を言っているのかまるでわからない。

そのタイミングで再度の弾着があった。

すでにFOはいないのに、これでは弾着修正はできまい。砲兵少尉がそう思った時、自分たちを捕らえた兵士たちとは雰囲気の異なる日本兵がハンディートーキーを手に取ると、流暢な英語で弾着修正のパラメーターを報告し始めた。

それは明らかに間違った修正値だ。しかし、砲弾はその諸元にしたがう。

そして、日本兵は標的に命中したと報告し、さらに司令部の位置なる座標を報告する。それは明らかにジャングルの真っ只中だ。

「どうしてこんなことができる！」

砲兵少尉の英語が通じたのかどうかわからないが、分隊長は彼の表情から言いたいことを悟ったのだろう。彼は日本語で、こう説明した。

「恨むなら前回攻撃を仕掛けた米兵を恨め。前進観測班の書類は、こうして役立たせてもらったぜ」

無論、砲兵少尉には何を言っているのかわからない。だが、そうしている間も状況は進む。

砲撃が始まり、砲弾は最初こそ滑走路脇に弾着したが、すぐにそれはジャングル側に移動していった。

砲兵少尉は、すぐに何が起こるかを理解した。

事前砲撃後に侵攻しようと待機している友軍部隊があのあたりにいるはずなのだ。日本兵たちはそれを知っているのか知らないのか、ともかく砲弾をそこに弾着させようとしている。

「やめろ！」

FOの砲兵少尉は兵士に飛びかかろうとして、逆に組み伏せられた。そして、自分の軽率な行動が何を招いたかがわかって愕然とした。

ジャングルに砲弾が弾着したからといって、ここまで慌てる人間はいない。慌てるとしたら、そこに友軍がいるためだろう。

自分たちを拘束した日本兵の分隊長は利口な男であったらしい。彼はすぐに状況を理解し、無線機を持っている男に何か言った。するとジャングルに対して、よりいっそう砲撃が激しくなる。

ついにジャングルの側で爆発が起こった。運んでいた弾薬が誘爆でも起こしたのだろう。

「気にするな。お前の責任じゃないさ」

分隊長の日本語は、砲兵少尉にはわからなかった。わかったとしても慰めになどならなかっただろうが。

3

「事前砲撃が収まったら突撃する」

小隊長は部下たちに再度確認していた。

彼らは障害物のように伐採された切り株が見える位置まで前進していた。砲兵隊が敵軍の重要施設を破壊し、その混乱に乗じて突入する。作戦としては単純極まりない。

満足な航空偵察もできないのは相変わらずだが、それでも前回の作戦で基地の概要はわかっていた。それに兵力も四倍以上投入している。特に砲火力は顕著だ。

常識的に考えて、負けるはずがない。

「始まったぞ！」

兵士たちは小銃を抱きしめる。日本軍基地に対して砲撃が始まった。ＦＯが何か標的を設定し、それに対するものらしい。

照準を合わせるためか、最初の砲撃は散発的だった。しかし、すぐに野砲陣地から本格的な砲撃が始まった。

しかも、その砲弾はあろうことか、自分たちに向かって降ってきた。

「何をやっているんだ！」

攻撃部隊は友軍の野砲陣地に対して砲撃中止を要請するも、中隊本部経由で行わねばならないため、話が直に通じない。

ただし、ＦＤＣはＦＯから正確な砲撃との報告を受けており、現場部隊の誤射という話を信じなかった。

「ほかの野砲陣地ではないのか？」

砲兵中隊は一つなので、ほかの野砲陣地などないはずだが、ともかくＦＯと現場部隊の話は違いすぎる。

それでも砲撃をやめられなかったのは、ＦＯの報告では、自分たちは敵の司令部施設を砲撃しており、それは結果を出していると聞かされていたからだった。

さすがにＦＤＣも何度かＦＯに確認したが、ＦＯは間違っていないと返答する。

敵の謀略も疑ってみたが色々な符丁に間違いはなく、謀略とも思えない。

「その部隊は本物なのか？」

ＦＤＣからすれば、謀略があるとすればそっち側だった。敵軍に書類一式を奪われでもしない限り、ＦＯがここまで正確に符丁を使うとは思えない。

中隊本部にも、確かに疑念を抱く要素はあった。それは現場指揮官が戦死し、次席指揮官からの報告なのだが、彼は新任者なので本部には彼を詳しく知るものがいない。

この混乱を収束させたのは、ほかの方面に集結していた部隊であった。日本軍への砲撃とともに突撃しようとしていたのに、日本軍基地が数発砲撃されてから何も起きていない。砲撃音だけは聞こえるが、いったいどこを攻撃しているかという問い合わせがあった。

ここに至って、中隊本部もＦＯが偽物という可能性に気がついた。このことはすぐにニコルソン大佐の司令部に電話で連絡され、ＡからＤまでの各部隊に伝達された。

しかし、この注意喚起は特に謀略の対象となったソプタ方面の部隊を疑心暗鬼にした。ＦＯは一つだけではなく、ほかにもいたためだが、それらが本物のＦＯなのかの確認が必要になったのだ。

悪いことは重なるもので、この混乱のなかでＦＯのミスかＦＤＣのミスかはわからないが、本当に誤射が起きてしまう。この誤射で友軍部隊に損害はなかったが、誤射という事実は砲兵への不信感を招いた。

現場部隊は砲兵を疑うし、ＦＤＣはＦＯが本物か偽物かの判断がつかない。最終的にこの問題は、砲兵部隊が新規にＦＯを設定し、符丁を用意することで解決をみた。解決をみたのではあるが、その間、砲撃は中断してしまった。

中断しないに越したことはないが、信用できない砲兵では使えないのだ。

一方で、日本軍はすでに自分たちの攻撃に気がついているから、計画の変更もできない。自分たちが撤退しようとしても日本軍が動くのだから、どうにもならないわけだ。

もっとも、連合国軍が強気であったのは、彼らには戦車があったからだ。ニコルソン大佐の命令で軽戦車を前面に押し出し、部隊は前進した。

戦車の登場は、戦局の流れを大きく変えたように見えた。さすがに日本兵たちも、戦車の登場には大きく後退するしかなかった。

連合国軍は気がつかなかったが、前進してきた日本兵はトラックやそのほかの自動車なりオートバイで大急ぎで後退していく。おそらく、そこに防衛線があるのだろう。

この時期、米陸軍も戦車戦術について、必ずしも満足がいく水準にはなかった。試行錯誤と言っていい。

もっとも、それは米陸軍に限った話ではなく、多くの陸軍に共通した問題であった。電撃戦を成功させたドイツ陸軍でさえ、非機械化部隊と戦車の関係については、満足できる水準になかった。

ともかくこの時、軽戦車隊は自動車で逃げていく日本軍を追撃すべく前進したが、そこに歩兵は伴われていなかった。

これはジャングルの近くでは砲撃で生じた火災のため、まだ視界がきいていたこともある。追撃の時点では、戦車だけで十分と考えられたのだ。

しかしジャングルから離れると、すぐに視界がきかなくなる。砲撃を仕掛けるが、闇夜で移動物体に砲撃を仕掛けて命中するはずもなかった。

そうしたなかで戦車隊は突然の砲撃を受ける。ソプタ方面には五両の戦車が投入されていたが、そのうちの一両が履帯を狙撃され、行動不能となった。

「戦車!?」

五両の戦車を束ねる小隊長は、前方に戦車のようなシルエットを認めた。それは軽戦車のように見えた。

僚車の履帯を吹き飛ばしたのは、その軽戦車であるらしい。だとすると口径は三七ミリ程度か。僚車は、乗員は無事だが戦車は動かせない。

となると、ほかの戦車で守るなかを迅速に修理させるか、それをトーチカとして残置し、自分たちだけ前進するか、選択肢は二つしかない。彼はそう判断した。

そして小隊長は歩兵部隊に連絡し、自分たちは擱座(かくざ)した僚車を置いて前進することにした。

それには、日本軍戦車を擱座した僚車から引き離すという意味もあった。

日本軍の軽戦車は、当然といえば当然ながら、日本軍基地をうまく利用し、姿はなかなか現さないが巧みに自分たちを攻撃してきた。一両が後ろからエンジン部分を攻撃され、そのまま爆発炎上してしまった。

性能と信頼性からアメリカ製の自動車エンジンを活用していたが、ガソリンエンジンであるため被弾した場合は、すぐ炎上してしまうのであった。

中戦車ならまだ逃げ場もあるが、軽戦車にはそんな余裕はない。乗員も少なく、軽戦車から脱出できた戦車兵はいなかった。

戦車小隊の小隊長は、状況が予想以上に悪化していることを感じずにはいられない。短時間の戦闘で五両のうち二両までも失ってしまった。

それなのに、こちらは日本軍戦車を一両も撃破できないでいる。暗いせいもあってか、敵戦車の姿をすぐに見失ってしまうためだ。

おそらく日本軍戦車は、飛行機用の掩体をうまく活用しているのだろう。それはわかる。しかし、だとしても、どこにいるのかがわからない。

にもかかわらず、日本軍戦車は自分たちを知っている。小隊長はここで、やっと歩兵を伴わないことの不利を悟ったが、それはいささか手遅れだった。

アメリカの戦車などでは、外の歩兵と戦車の内部で連絡するための電話機が設置されているものもあるが、あいにくとこの戦車にそんなものはなかった。空挺用であるから一グラムでも軽くしなければならないからだ。

電話機がないのは日本軍戦車も同様だが、ここは日本軍陣地であり、日本兵が戦車と連絡する方法はいくらでもある。無線機を用いてもいいだろう。

そして米戦車隊は、自分らの敵が戦車だけではないことを否応なく味わわされた。

突然、小隊長の前を行く戦車が炎上し、爆発した。

「なにごとだ！」

それは掩体の上から投げ込まれた火炎瓶だった。小隊長車も狙われたが、その火炎瓶は外れたことで難を逃れた。　彼はすぐに、　無線機で僚車に掩体から離れるよう命じた。

火炎瓶を投げられた戦車は、エンジン部で火炎瓶が割れたことで、火がついたガソリンがそのまま給気口に入り、エンジンを焼き尽くし、ガソリンタンクを誘爆させる。

火柱がのぼり、乗員はやはり誰も脱出できなかった。小隊長はあまりのことに唖然とした。

戦車のない日本軍に対して、五両の戦車で圧倒するはずではなかったのか？　だが現実は、自分たちが一方的に負けている。

五両あった戦車も、いまは稼働車が二両しかない。そして敵戦車は無傷だ。掩体から離れたものの、安心ではなかった。ほぼ地面の高さから、いくつかの砲口炎が見えた。それは三つだったが、続けざまに僚車に命中した。あるいは一発なら弾き返せたかもしれないが、立て続けに三発の徹甲弾が命中したことで、僚車は撃破されてしまった。

ついに戦車は自分たち一両となる。小隊長は気が狂いそうだった。何が起きて、こんな結果となっているのか！

敵だって軽戦車で、三七ミリ砲程度しかないのではないか？　それなのに、なぜこんな違いになるのか？

一つには地の利を生かしていることもあるのだろう。小隊長はそれを実感した。どうやら、この基地には戦車が移動できる塹壕（ざんごう）のようなものがあるらしい。あるいは、戦車の侵攻を阻止する戦車壕かもしれない。

いずれにせよ、敵はそれを効果的に活用し、こちらにわからぬように移動し、攻撃を仕掛けている。

戦車小隊の小隊長は、ここで撤退を決意する。いまここで唯一の戦車を失わせるわけにはいかないからだ。明るくなれば状況は変わる。敵の動きも読めるようになるだろう。

彼は滑走路を突っ切って最短距離での移動を決心した。そして、まさにそのタイミングで照明弾が打ち上げられる。

遮蔽物（しゃへいぶつ）のない滑走路で、唯一の戦車の姿はひどく目立った。その戦車に対して九○式野砲の砲弾が撃ち込まれる。

距離が近いため砲撃は成功した。軽戦車の砲塔が吹き飛び、ターレットから火柱がのぼった。

連合国軍の将兵にとって、すべてが衝撃的だった。戦車の投入こそ、この作戦の勝利の根拠であった。その根拠がいま目の前で失われたのだ。

ただ、履帯を吹き飛ばされただけの戦車はまだあった。将兵はその戦車をなんとか救おうとした。しかし結果的に、それは明らかな失敗であった。

遮蔽物らしい遮蔽物のない飛行場で動けない戦車は、格好の標的だった。その戦車に接近しようとする将兵は、情け容赦なく機銃弾の餌食になった。

内部の戦車兵たちが、日本軍の機銃座を破壊すれば問題はなかったのかもしれない。だが、薄い軽戦車の装甲に次々と撃ち込まれる銃弾の音に耐えるのは鋼(はがね)の神経を必要とした。

「もう嫌だ！」

そう言って砲手が砲塔から飛び出したが、すぐに射殺される。死体はそのままハッチから車内に落ち込んだ。

その窮状を救うべく一個分隊の将兵が戦車に向かうが、それもまた日本軍の機関銃の前に斃(たお)れる結果となった。

そして最終的に、その戦車も野砲により破壊される。これは連合国軍の将兵に甚大な心理的ショックを与えた。

日本軍には戦車があり、自分たちにはない。そして自分たちを野砲が狙っている。さらに状況を悪くしたのは夜間にも関わらず、日本軍機が上空を飛んでいるという事実だった。

うっかりそれを攻撃した陣地は、飛行機により爆撃された。これが何を意味するのかをはっきりと自覚しているのは砲兵たちだった。

機関銃はあるが、高射砲の類までは用意されていない。榴弾砲で敵機を撃墜することを考えるなら、宝くじでも買ったほうがまだましだろう。

砲兵陣地は上空の日本軍機の存在により、完全に行動を封殺された形だ。

砲兵が活動を封じられた理由は、ドボデュラに侵攻した部隊の砲兵陣地が夜間にも関わらず日本軍機に爆撃され、ほぼ壊滅的な打撃を受けたためだった。

結果としてニコルソン大佐の部隊は、中途半端な形で砲撃を中断せざるを得なくなった。

しかし、米軍部隊にとってそれは非常に不利な戦いとなった。事前砲撃が前提の作戦で砲撃が中断したことは、日本兵への奇襲効果はなく、相手に警報を出すのと変わらないではないか。

ドボデュラに侵攻した部隊は、まだ戦車が残っていたが、ソプタの部隊はすべての戦車を失っていた。しかも日本軍には戦車がある。

ここで陸軍部隊の大隊長の一人は、砲撃ができない野砲陣地からM1A1榴弾砲を分解して前線まで移動するように命じた。とりあえず三門が使えそうだ。

砲兵隊はこの命令に驚いたが、飛行機に邪魔されるより最前線で砲撃を行ったほうがましだと判断した。いかな日本軍機でも、自分たちの基地を爆撃はしないだろうという読みもある。

砲兵陣地では、すぐにM1A1の分解が始まった。もともと分解して運べる大砲として設計されているので、そうと決まれば動きは早い。

しかし深夜にジャングルの中を、それが一キロ二キロメートル程度とはいえ、分解した火砲を人力で運ぶのは容易ではなかった。

本当なら三門一斉に運びたかったが、ともかく一門でもいいから早く運べる班が運ぶということになった。遅れている班を待ってはいられないというわけだ。

そうして最初の一門がソプタ基地の米軍部隊に到着した。到着したといっても、組み立てという工程がある。

これが昼間なら、日本軍もまっ先にこの砲兵たちを攻撃しただろう。しかし夜間であり、火砲の組み立てまではわからなかった。

砲兵はＭ１Ａ１を、ついに組み立てた。砲弾は榴弾しかないが装塡も終えた。

「どこを狙う？」

そう尋ねる砲兵隊の班長に大隊長は言う。

「まずは敵戦車だ！」

4

橘中隊長は自分たちが（歩兵の火炎瓶攻撃もあったが）敵戦車を九七式軽装甲車で撃破できたことに驚いていた。

まず、ジャングルの中から敵戦車が現れてきたことに驚いた。ブナ地区の海岸側の基地は海軍基地だったが、九五式軽戦車が置かれていた。船から軽戦車を降ろしたからで、それは不思議でもなんでもない。

しかし、ソプタの西や北から戦車が現れるとは信じがたい。道なきジャングルをどうやって渡ってきたのか？

そもそもソプタ方面を軽装甲車で固めたのは、ジャングルの戦闘では有利であることと、敵戦車が現れないという前提での話だ。

だが、そこにどうやったのか敵戦車が現れた。そこで橘中隊長の前提は覆された。ただ、橘はそれで負けを覚悟することもなかった。そのシルエットから、それが軽戦車であることをすぐに見抜いた。じっさいどういう方法にせよ、重戦車は運べまい。

橘中隊長にはマレー戦での経験もあり、歩兵との共同が勝敗を分けることを知っていた。

小型半装軌車に歩兵を乗せ、自分たちと行動をともにさせる。どうやって敵戦車を撃破するかの方針は立っていた。

基地には敵襲に備えて野砲が用意されていた。それは二門だけだったが、敵戦車を撃破するにはこの野砲を使うしかない。

そもそもは基地側は高射砲を要求していたらしいのだが、高射砲の都合がつかなかったので野砲になったらしい。航空基地を急設したことで、こんな悲喜劇も起こるらしい。

ただ野砲があることは好都合だった。野砲は高射砲陣地に置かれていたが、幸いにもそこに置いておけば野砲は安全だ。

しかも履帯式トラクターまで用意されていた。それは対空防衛陣地工事のための作業車両らしいが、陸海軍ともにトラクターには野砲を牽引できるフックが用意されている。だから陣地転換も容易だった。

陣地はたくさん掘ってあるが、設置すべき火砲が足りていない。だから逆に陣地転換は容易だ。トラクターで移動すればいい。

歩兵部隊との連絡は、自分の部隊だけに海軍側の手を借りずとも阿吽の呼吸でできた。

だがこれだけは計算違いで、海軍側との連携となった。橘も別に海軍との協力を拒否していたわけではない。

単純に陸海軍の連携、しかも海軍側の警備隊についてほとんど何も知らないから、連携は無理と判断していただけのことだ。

しかし、その状況は違っていた。海軍側には航空機用無線機を改良したとかいう小型無線機があった。電池含めて片手でなんとか持てるくらいの重さだ。

もともとはオートバイ用の無線機らしいが、これがあればトラックの歩兵や海軍部隊とも連携ができる。

無線機としての信頼性は未知数であったが、自分たちが守ろうとするこの基地はなにしろ飛行場であり、少なくとも防衛側にとって電波の遮蔽物になるようなものはない。

無線機による効果は、橘が予想する以上に劇的だった。橘は掩体に九七式軽装甲車を並べ、複数の車両で同一目標を狙うこともできた。

さすがに三七ミリ砲で敵戦車の装甲は貫通できなかったが、履帯を破壊して無力化することはできた。

あとから考えると、軽装甲車の主砲は対戦車戦闘ではほとんど役に立っていなかった。しかし、歩兵や海軍警備隊との連携で火炎瓶や野砲により敵戦車を全滅させることができた。

九〇式野砲が対戦車兵器として優秀なことは、橘もノモンハン事件で知っていた。さすがにいまの中戦車相手だとどうなのかはわからないが、ソ連のＢＴや今回の軽戦車のような相手なら、まだまだ現役で戦えそうだ。

米軍は当初よりも大幅に後退した。奇襲が成功した状態ならまだしも、失敗してしまえば滑走路を移動するのは自殺行為だ。遮蔽物のない場所を機関銃が待ち構えているなかを移動するのだから。

ただ、陸軍側の人間として橘には懸念があった。両陣営とも激しい戦闘を繰り返すなかで、ソプタ基地の飛行機がまったく忘れ去られていたことだ。

おそらく敵軍は最初の砲撃で、掩体内部の友軍機を破壊するつもりだったのだろう。残しておいては最大の脅威となる。

特に前回の戦闘以降、基地の掩体は電撃設営隊により著しく強化されている。砲撃で始末するしかないだろう。

だがそれに失敗したいま、個別に海軍機を破壊することを敵は余儀なくされているが、すでに掩体は海軍警備隊が警戒にあたっている。

掩体のあちこちに機銃座が用意され、接近しようとする米軍兵士は掩体の上から、あるいはその陰からの銃撃を覚悟しなければならないだろう。

警備隊には小型半装軌車まであり、それには大隊砲まで搭載されているから、歩兵だけでこの防衛線を抜くのは容易ではない。

それでも全体から見えれば兵力配置は、飛行機周辺は手薄で敵軍正面に手厚い。

このこと自体はセオリー通りで非難するような話ではない。ただ橘は敵にとって、飛行機は最大の攻撃目標であるはずという疑念が消えなかった。

果たして攻撃は行われた。驚くべきことに、敵軍は最前線まで野砲を持ち込んできた。あのジャングルの中を分解したのか何かして運び込んできたのだ。

そして、行ったのは掩体への砲撃だった。すでに空も白み始めている。ここで飛行機により制空権を確保されれば、部隊は全滅だ。

この状況に橘の決断は早かった。九七式軽装甲車を突入させた。

ジャングルの中をやっと運んできた火砲である。陣地もなく周辺の守りは手薄だ。それなら機動力で撃破できる。

一番近くにいる三両の九七式軽装甲車を突進させた。橘中隊長にとって、それは博打（ばくち）だった。

敵の野砲の反撃を受ければ、九七式軽装甲車など一瞬で粉砕されるが、無防備な野砲なら逆にその履帯で蹂躙（じゅうりん）されてしまうだろう。三七ミリ砲はそうした用途には最適な火力だ。

九七式軽装甲車の接近に、米兵たちは狂ったように機銃弾を撃ち込んでくる。当然だろう、それがやって来たらすべてが終わる。

ただ一両の軽装甲車が擱座する。敵の機関銃の中に一丁だけ、徹甲弾を撃ち込んでいるのがあるらしい。軽装甲車の装甲は銃弾を防げる厚さはあるが、それとて機関銃で徹甲弾を撃ち込まれれば無事ではすまない。

ついに装甲を貫通したのだろう。しかし、その軽装甲車も撃たれるだけではない。擱座する前に数発の砲弾をその機銃座に撃ち込み、沈黙させていた。

いわば軽装甲車は機銃座と刺し違えた形だ。そうしたなかで残り二両が野砲へと接近する。三七ミリ砲の砲撃に野砲は怯(ひる)んだかに見えた。

砲撃は始まったばかりであり、飛行機への被害はまだ少ないだろう。だが突然、九七式軽装甲車が吹き飛んだ。側面から砲撃されたのだ。

ガソリンエンジンの九七式軽装甲車はその一撃で炎上する。

「二門めの野砲がある！」

橘は無線機で、残った一両に警告を発した。

それと同時に軽装甲車の近くに野砲の砲弾が弾着する。それは榴弾であるようで、少し離れれば砲弾の破片も軽装甲車の装甲を貫通することはなかった。

だが、次の砲弾は軽装甲車の装甲を貫通する。野砲まであと少しという距離で、すべての九七式軽装甲車が破壊された。

「あぁ……あぁ……」

無線機を落とし、橘中隊長は声にならない声をあげる。豆戦車としては存分な働きをしてくれた。だが現在の機械化された戦場では、豆戦車の活躍する余地は少ない。

橘はそれでも、ニューギニアのジャングルのような戦場なら、まだ活躍の余地があると考えていた。だが、それは大きな勘違いであったらしい。

日本でさえ電撃設営隊のような機械化された部隊が現れたのだ。海外も相応に機械化されていると考えるべきだ。

じじつ敵は軽戦車を投入してきたではないか。すでにそういう時代なのだ。軽装甲車が前線で活躍するような戦場は、このニューギニアからさえ失われてしまったのだ。

だがそれよりも、橘中隊長にはこれからどうするかという任務がある。敵の野砲は二門あるのだ。

じじつ二門の野砲は砲撃を開始する。

ただ、砲弾の輸送が不十分なのか、二門が砲撃していながら、火力の程度は一門に満たない。要するに、火砲は多くても砲弾が足りないわけだ。

しかし、楽観はできない。砲弾の補給がついたら、敵は本格的な攻勢に出るだろう。

「野砲は何をしているのか！」

海軍とはいえ、橘にはそれがわからない。二門あって敵戦車を撃破した、あの野砲はどうなったのか？

攻撃しない理由は、おそらく自分たちが標的にならないためか。じっさい敵軍も野砲を探しているらしいが、見つけられないでいるようだ。

野砲が沈黙している理由は、すぐにわかった。周囲が明るくなりかけているなかで、二機の飛行機が米軍の野砲陣地に爆撃を行ったのだ。

友軍機が飛んでいたのは橘も知ってはいたが、夜間であり途中で基地に戻ったらしく、気にもとめていなかった。彼は、海軍機の存在が敵砲兵の行動に掣肘を加えていたことを知らなかった。

だが、新手がやってきたらしい。どうやら、明るくなるタイミングを待っていたのだ。

そして、野砲の攻撃を見た。友軍ではなく敵軍であることを確認し、攻撃を仕掛けたのだろう。

掩体もなにもない野砲である。爆撃には著しく無防備だった。滑走路も若干傷ついたが、爆撃で野砲と周辺の敵兵はなぎ倒された。

さらに戦闘機が訪れる。戦局はこれらの航空機により一気に崩れた。

連合国軍にとって悪いことに、夜明けの横からの太陽光は、連合国軍が構築した基地に通じる道路の姿を浮かび上がらせた。不自然に樹木が途切れ、直線状になっている場所を映し出したのだ。

さすがに戦闘機隊も、できることは小型爆弾の投下と機銃掃射くらいであったが、それでも連合国将兵には少なくない死傷者が出た。

この攻撃により爆弾で吹き飛ばされた連合国軍の交通路は、後続の爆撃機からは不自然な爆弾孔として目についた。

そこで、その場所が爆撃される。何度かの爆撃で連合国軍の進入路は、上空からもはっきりと識別できるようになった。

さすがに連合国軍も、この状態で攻撃の続行はできなかった。

こうしてソプタから連合国軍は撤退した。ドボデュラ方面は、それでもしばらく戦闘が続いたが、それも爆撃機の猛爆が起きるまでだった。ソプタの飛行機が攻撃に現れたのである。

ニコルソン大佐は全部隊の撤退を命じた。彼にとって唯一の慰みは、海軍のブナ地区攻略も失敗したことだった。

5

敷設艇一号の麻田艇長は、連合国軍艦船部隊を追跡していた。ただし巡洋艦部隊ではない。

敷設艇一号のような小艦艇が巡洋艦四隻を追撃するなど自殺行為だ。発見されれば逃げ切れず撃破される。それに敵には電探だってあるはずだ。

そもそも麻田も敵を追撃するつもりなどなかった。機雷を敷設したら、北上する予定だった。

しかし、自分らの機雷が思った以上の効果をあげたことで、彼の考えは変わった。

「損傷艦が出るかもしれん。そいつらを追跡すれば、航空隊が仕留めてくれるはずだ」

発想としては単純だが、状況は彼に味方した。味方したとしか思えなかった。

撃沈した船舶もあったが、かろうじて自力航行できる船もあった。それを駆逐艦一隻がエスコートしていった。

貨物船に電探はないだろうし、それは駆逐艦も同じだろう。ならば、これらを追跡するか。

巡洋艦を撃退したかったが、あいにくと巡洋艦は機雷堰まで接近してはくれなかった。それに速力でも巡洋艦に追いつけるとは思えない。結局、可能なのは損傷貨物船までだ。

駆逐艦は無傷であるため、その視界には入らないように注意する。駆逐艦と戦っても敷設艇では勝てないからだ。火力が違う。

それでも電探があるため、追跡は可能だった。しばらくは夜間であることも幸いした。

「艇長、来てください！」

電測員が叫ぶ。

「どうした？」

「敵損傷艦に接近してくる船があります。四隻です」

麻田にはすぐにピンときた。

「巡洋艦部隊ではないか！」

麻田は深追いしないことにした。敢闘精神云々と言われても、勝てる相手ではないのだから。

それは、彼には敵の目的地がわかったことも大きい。敵部隊はまっすぐにある場所を目指していた。

「どうやら、ケアンズかクックタウンに向かっているらしい」

6

ソプタの飛行場の損害は基地施設には色々とあったものの、滑走路と飛行機というもっとも重要な部分に関しては、ほぼ無傷であった。

ドボデュラに関しては戦闘機の離発着は可能だが、陸攻は滑走路の修理を待たねばならなかった。

そのため連合国軍に対しては、ドボデュラとブナ地区の戦闘機隊および陸軍航空隊が対応し、アンゴとソプタの航空隊により攻撃隊が編成され、それはブナ地区を砲撃した巡洋艦部隊を攻撃することとなった。

陸海軍が呼応した作戦を連合国軍が二度も繰り返してきたのは、何か意味があったのだろう。ならばここは、海軍部隊を叩いておかねば三度目の攻撃があるかもしれない。

そうしたことから攻撃隊が編成された。目指すのは敷設艇一号が報告してきた敵部隊だ。

じっさいのところ敷設艇一号の報告がなかったら、こうした攻撃隊は編成されなかっただろう。

敷設艇一号はすでにウエワク方面に向かっている。巡洋艦部隊が再びニューギニア方面を攻撃しようと考えた時に遭遇するだろうという読みからだ。

吉成海軍大佐は、アンゴ基地でその報告を聞いた時には敢闘精神を疑ったが、数時間後にその考えを改めさせられた。

巡洋艦部隊が四隻、北上しているという。それは敷設艇一号の電探の情報だった。

「どういうことだと思う?」

吉成は先任参謀に問いかける。

「動きがおかしいですね。作戦がうまくいかず、航空脅威を感じたので後方に下がったが、司令部から部署に戻れと言われ、しぶしぶ戻ったように感じます」

「なるほど。どうやら敢闘精神を論難する相手を間違えたようだ」

7

この時の陸攻隊は一八機。零戦を伴わないのは敵機がいるはずがないのと、戦闘機は陸軍部隊の支援に飛んでいるためだ。

敷設艇一号は相変わらず報告を続けている。敢闘精神というより巡洋艦部隊の電探に発見され、攻撃されようとしているらしい。

だが、彼らの動きは変わった。一八機の陸攻隊を発見したためだろう。進路変更は行われたが、それを敷設艇が報告するので、すぐにわかる。

水平爆撃隊は六機であった。水平爆撃としては中途半端な数であったので、先頭の一隻に攻撃を絞る。

一機が五〇〇キロ徹甲爆弾を二発搭載し、それが六機一二発、投下される。

直撃は二発。それは巡洋艦を大破させたが、致命傷はもう一発で、海面で跳躍した爆弾が舷側に命中して艦内で爆発したのだ。

巡洋艦はたちまち転覆する。これで巡洋艦部隊は混乱に陥(おちい)った。速力をあげて逃げようとした三番艦と、雷撃機の姿を見て急に転舵した二番艦が接触してしまったのだ。

この二番艦には、クック少将が乗っていた。転舵は彼が命じたものではなく艦長の判断であった。しかし、艦尾に三番艦の艦首が接触したことで、まず二番艦は舵がきかなくなった。

雷撃機が、そこを見逃すはずはない。しかも衝突の衝撃で対空火器への電力が一時的に止まっていたなら、なおさらだ。

三機が雷撃を成功させ、二発の航空魚雷が命中する。機関部は完全に使用不能となり、クック少将は退艦せざるを得なくなった。

三番艦に命中した魚雷は一発だったが、すでに艦首部から浸水が続く巡洋艦には、それが致命傷となった。

無傷だった四番艦にも一発の魚雷が命中するが、艦長は冷静だった。

「マットレスを燃やして黒煙をあげろ！　敵に致命傷を負ったように見せかけるんだ！」

じっさい巡洋艦は浸水により傾斜していた。攻撃隊は四隻中、三隻までも沈めたことで、この四隻めも撃沈したと判断した。

こうしてニューギニア基地からの攻撃は終わりを迎えた。クック少将は中破した巡洋艦に収容された。

この一連の戦いで米太平洋艦隊司令部は、ニューギニア戦は小手先の艦隊戦力では駄目であることを悟った。

（次巻に続く）

コスミック文庫

帝国電撃航空隊 2
航空基地争奪戦

2024年4月25日　初版発行

【著 者】
林　譲治

【発行者】
佐藤広野

【発 行】
株式会社コスミック出版
〒154-0002 東京都世田谷区下馬 6-15-4
代表　TEL.03(5432)7081
営業　TEL.03(5432)7084
　　　FAX.03(5432)7088
編集　TEL.03(5432)7086
　　　FAX.03(5432)7090

【ホームページ】
https://www.cosmicpub.com/

【振替口座】
00110 - 8 - 611382

【印刷／製本】
中央精版印刷株式会社

ISBN978-4-7747-6553-2 C0193

長編戦記シミュレーション・ノベル

空母の代わりは——
島嶼に設けた基地！

帝国電撃航空隊
【1】陸海合同作戦始動！

林 譲治 著

好評発売中 !!

定価●本体660円＋税

絶賛発売中！

お問い合わせはコスミック出版販売部へ！
TEL 03(5432)7084

長編戦記シミュレーション・ノベル

これが理想の空母だ！
二段甲板式「赤城」出撃

最強！ 機動空母艦隊

原 俊雄 著

好評発売中 !!

定価●本体1,090円＋税

絶賛発売中！

お問い合わせはコスミック出版販売部へ！
TEL 03(5432)7084

長編戦記シミュレーション・ノベル

戦艦より空母を造れ！
「大和航空戦隊」誕生!!

超戦闘空母「大和」
【上】最強航空戦隊
【下】新鋭機「天戦」登場！

野島好夫 著

上巻 定価●本体870円＋税
下巻 定価●本体780円＋税

絶賛発売中！

お問い合わせはコスミック出版販売部へ！
TEL 03(5432)7084